Elke Ottensmann

Aus Omas Nähkästchen und Opas Geigenkasten

Heitere und weitere Geschichten

SCM
Hänssler

SCM

Stiftung Christliche Medien

2. Auflage 2014

© der deutschen Ausgabe 2012
SCM Hänssler im SCM-Verlag GmbH & Co. KG
71088 Holzgerlingen
Internet: www.scm-haenssler.de;
E-Mail: info@scm-haenssler.de

Die Bibelverse sind, wenn nicht anders angegeben, folgender
Ausgabe entnommen:
Lutherbibel, revidierter Text 1984, durchgesehene Ausgabe in
neuer Rechtschreibung,
© 1999 Deutsche Bibelgesellschaft, Stuttgart.

Umschlaggestaltung: Jens Vogelsang, Aachen
Titelbild: fotolia.com
Satz: typoscript GmbH, Walddorfhäslach
Druck und Bindung: CPI – Ebner & Spiegel, Ulm
Gedruckt in Deutschland
ISBN 978-3-7751-5413-0
Bestell-Nr. 395.413

Inhalt

Statt eines Vorworts

»Um Himmels willen, wenn das *der* Schriftsteller ist, dann macht er aus uns am Ende noch einen Roman!«

»Und gar einen ungezogenen Film!«

»Meine Herren, das ist bereits geschehen, aber sie brauchen keine Besorgnisse zu haben, ich habe alles so stark übertrieben, dass kein Mensch sich wiedererkennt. Ich will auch gerne öffentlich bekennen, dass ich die ganze Geschichte von A bis Z erlogen habe. Die Schule, den Direktor, die Lehrer und die kleine Eva, ja sogar mich selbst habe ich erfunden.«

Mit diesen Worten des verschmitzt lächelnden Herrn Pfeiffers, preisgekrönter Schriftsteller in dem Klassiker aus den 1930er-Jahren »Die Feuerzangenbowle« endet die uns allen bekannte Komödie.

Das Besondere an dem hier vorliegenden Buch ist, dass die Geschehnisse und beschriebenen Personen eben nicht erfunden sind. Die geschilderten Erlebnisse haben sich tatsächlich so ereignet, wie in den Geschichten berichtet wird. Die Charaktere werden dabei nicht übertrieben geschildert, eventuelle Ähnlichkeiten mit tatsächlich lebenden Menschen sind kein Zufall, und die genannten Personen werden sich darin wiedererkennen. Ich habe nichts erlogen oder erfunden.

Es sind Alltagsgeschichten, wie nur das Leben sie schreiben kann, geführt von der Hand des Meisters alles Lebens, unserem Gott.

Unverhofft kommt oft –
der Auftakt

Die Geburt ihres dritten Kindes stand kurz bevor; das spürte Johanna Seidel. Einen genau errechneten Geburtstermin hatte sie zwar nicht, auch Begriffe wie Ultraschalluntersuchung, CTG und Dopplersonografie wären ihr unbekannt gewesen. Einen blauen Mutterpass, den sie während ihrer Schwangerschaft zu den Kontrolluntersuchungen mitbringen würde, besaß sie nicht. »Was für Kontrolluntersuchungen?«, würde sie vermutlich fragen. Sie hatte sich ganz einfach ihrer Dorf-Hebamme anvertraut, so wie es die anderen werdenden Mütter auch taten. Damals, im Jahr 1936, kannte man es nicht anders. Wegen einer Schwangerschaft zum Arzt zu gehen, war nicht üblich und wäre zu teuer gewesen.

Die herbeigerufene Hebamme hatte Johanna schon bei ihren ersten beiden Schwangerschaften betreut und dafür gesorgt, dass ihre zwei Jungen wohlbehalten das Licht der Welt erblickten. Johanna und ihre Hebamme waren Freundinnen geworden. Als die Hebamme noch einmal mit ihrem Hörrohr an Johannas dickem Bauch lauschte, nickte sie zufrieden. »Die Herztöne des Babys sind laut und deutlich zu hören. In ein paar Stunden wirst du dein Baby in den Armen halten«, so ihr aufmunternder Befund.

Sie sollte recht behalten. Kurze Zeit später platzte Johannas Fruchtblase, woraufhin heftige Wehen einsetzten. Drei Stunden später war das Köpfchen zu sehen, und mit geschicktem Griff zog die erfahrene Hebamme mit der letzten Presswehe einen kleinen Jungen heraus. Er war gesund, aber sehr klein und zierlich. Mit einem Gewicht von 2300 Gramm war er wesentlich leichter, als es seine beiden großen Brüder Günther und Walter bei deren Geburt gewesen waren. Einen Namen hatten sich seine glücklichen Eltern bereits überlegt, für den Fall, dass es ein Junge werden sollte: Werner sollte der Kleine heißen. Die Hebamme hatte Klein-Werner bereits gewaschen und in ein warmes Tuch gewickelt, um ihn dann seinem Vater vorzustellen, der im Wohnzimmer ausharrte. »Herzlichen Glückwunsch, Arthur! Ihr habt wieder einen kleinen Jungen, getreu dem Motto: Aller guten Dinge sind drei!«

Behutsam legte sie ihm das Baby in die Arme, als plötzliches ein lautes Stöhnen von Johanna zu ihnen drang. Rasch eilte die Hebamme zu ihrer Patientin zurück. »Johanna, was hast du denn?«, fragte sie erschrocken. »Ich habe solch schreckliche Schmerzen, wie vorher bei den Wehen«, presste Johanna hervor. »Was kann denn das nur sein?«

Einem Impuls folgend legte die Hebamme nochmals ihr Hörrohr an Johannas Bauch und lauschte. »Da sind immer noch Herztöne zu hören, und deine eigenen sind es ganz gewiss nicht! Hannchen, du musst jetzt stark sein: es kommt noch ein Baby!«

So erblickte 15 Minuten später ein zweites Baby das Licht der Welt. Noch ein kleiner Junge, der eineiige Zwillingsbruder von Werner. Er war noch etwas zarter und leichter mit einem Gewicht von 2 100 Gramm. Damit hatte keiner gerechnet. Zu keiner Zeit der Schwangerschaft waren der Hebamme doppelte Herztöne aufgefallen; andere Untersuchungen hatte Johanna schließlich keine gehabt.

Endlich konnte der inzwischen recht besorgte frischgebackene Vater über sein doppeltes Glück informiert werden. Nachdem der anfängliche Schock über das unverhoffte Baby überwunden war, machte sich große Freude bei den Eltern und großen Brüdern breit.

Zunächst blieb der Kleine namenlos – Johanna und Arthur hatten nämlich nur einen männlichen Vornamen ausgesucht. Doch schon bald hatten sie auch für ihn einen Namen gefunden: Reinhard.

Da die beiden Jungen sich sehr ähnlich sahen, und um Verwechslungen zu vermeiden, bekam Werner ein blaues Bändchen um sein rechtes Handgelenk gebunden.

Kurze Zeit später konnte Arthur sich einen Spaß aus der Zwillingsgeburt machen, als seine Schwester Frieda ihn fragte: »Ist das Baby schon da?«, antwortete Arthur verschmitzt lächelnd: »Ja.« Ungeduldig wollte Frieda wissen: »Was ist es denn nun, ein Mädchen?« Arthur grinste: »Nein.« »Ein Junge?« – »Nein.« »Ja, was ist es denn dann?« – »Zwei Jungen!«

So wurde mein Vater geboren, der kleine Junge mit großem Überraschungseffekt. Es war der Beginn eines bewegten Lebens für die Zwillingsbrüder und ihre Familie.

Damals ahnte noch niemand, dass zwei Jahre später meine Mutter nicht sehr weit entfernt vom

Heimatort meines Vaters in Schlesien zur Welt kommen würde.

Doch meine Eltern sollten sich erst 25 Jahre später ganz woanders begegnen.

Ihre Augen haben es
nicht gesehen

Werner und Reinhard wurden in eine liebevolle, von tiefem Glauben geprägte Familie hineingeboren. Während sich die dunkle Wolke des Zweiten Weltkriegs zusammenbraute, hielt die Familie in ihrem Heimatort Waldenburg in Schlesien fest zusammen. Sie schöpften Kraft in der Musik und ihrer evangelischen Kirchengemeinde. Gemeinsames Musizieren mit Klavier und Geigen war für sie Bestandteil des normalen Alltags. Wenn der Vater abends von seiner Tätigkeit bei der Bergbauverwaltung heimkam, setzte sich die Familie oft zusammen, um Kirchenlieder zu singen. Diesen Musikschatz konnte ihnen auch niemand nehmen, als ihnen durch den Krieg beinahe alles genommen wurde.

Im Sommer 1946 waren Werner und Reinhard zehn Jahre alt. Die Deutschen hatten den Krieg verloren, Schlesien war in polnische Hand übergegangen. Die noch verbliebenen Deutschen wurden reihenweise von den Polen evakuiert.

An einem warmen, sonnigen Tag war die straßenweise Evakuierung auch bei ihnen angekommen. Bewaffnete Kommissionen trieben die Menschen ohne Ankündigung aus ihren Häusern und Wohnungen, um sie gen Westen abzutransportieren.

Es war helllichter Vormittag, Arthur war beim Bergbau, Johanna mit Werner und Reinhard zu Hause. Die Zwillinge konnten nicht in die Schule gehen, weil dies für Deutsche bei Strafe verboten war.

Vom Fenster im ersten Stock aus beobachteten sie miteinander, wie die bewaffneten Männer der polnischen Miliz immer näher kamen. Schließlich erreichten sie die Hofeinfahrt. Die Vertreibung schien nur noch eine Frage der Zeit zu sein.

Johanna hatte zu beten begonnen. Ihre Jungen stimmten mit ein, das Gebet ihrer Mutter war ihnen wohlbekannt. Es war ein Lied von Johann Heermann aus dem Gesangbuch: »Treuer Wächter Israel«. Vor allem die dritte Strophe beteten sie nun immer wieder:

»Jesu, der du Jesus heißt, als ein Jesus Hilfe leist! Hilf mit deiner starken Hand, Menschenhilf hat sich gewandt. Eine Mauer um uns bau, dass dem Feinde davor grau, er mit Zittern sie anschau.«

Während sie dies beteten, geschah etwas so Unglaubliches und Beeindruckendes, dass sie es ihr Leben lang nicht mehr vergessen sollten. Die polnische Miliz stand mit ihren Gewehren in der Hofeinfahrt, wo sie etwa 25 Meter vor dem Haus angehalten hatten. Doch sie kamen nicht näher. Stattdessen schienen sie ins Leere zu starren, begannen, verwundert den Kopf zu schütteln. Schließlich zogen sie unverrichteter Dinge wieder ab. Sie hatten das Haus offensichtlich nicht gesehen!

Wunder dieser Art durfte die Familie während der folgenden Jahre noch öfter erleben, vor allem auch Versorgung in Zeiten großer Hungersnot. So saß die Familie eines Abends am leeren Esstisch und betete dafür, etwas zu essen zu bekommen. Die Antwort ließ nicht lange auf sich warten, denn jemand klopfte in diesem Augenblick an der Tür. Als Arthur öffnete, war niemand zu sehen, doch ein Eimer Kartoffeln stand vor der Tür.

Als leitender Angestellter beim Bergbau wurde Arthur bei den Polen gebraucht. Deshalb durften sie länger als die meisten anderen Deutschen in ihrer

Heimat in Schlesien bleiben; Arthur war deswegen auch nicht in den Krieg eingezogen worden. Da es zu dieser Zeit fast keine Pastoren mehr bei ihnen gab, übernahm Arthur zusätzlich zu seiner schweren Arbeit im Bergbau die Aufgaben des Lektors und Gemeindeleiters. Soweit es ihm möglich war, hielt er Bibelstunden und Gottesdienste, übernahm Sterbebegleitung und Beerdigungen und leitete den Kirchenchor. Seine Frau unterstützte ihn dabei mit all ihrer Kraft.

Allerdings mussten Zusammenkünfte wie Chorproben, Gottesdienste und Bibelstunden genehmigt werden, da Versammlungen von mehr als drei Deutschen unter der polnischen Herrschaft verboten waren. Gewöhnlich wurden die Gottesdienste zwar genehmigt, wurden aber regelmäßig bespitzelt. Fast alle evangelischen Kirchen gingen in den Besitz des polnischen Katholizismus über. Die Bilder von Philipp Melanchthon und Martin Luther wurden entfernt, stattdessen wurden Beichtstühle aufgestellt. Zusätzlich zur erforderlichen Genehmigung der polnischen Behörde mussten die evangelischen Gottesdienste auch noch von der katholischen Kirche genehmigt werden.

Das Leben ging in Waldenburg zwar erst einmal weiter, hatte sich aber für die Familie grundlegend geändert. Vertraute Nachbarn waren evakuiert worden, die leer stehenden Wohnungen und Häuser waren mit zugezogenen Polen besetzt worden, deren Sprache und Lebensgewohnheiten für sie völlig unbekannt und fremd waren. Mehrere Jahre lang hatten sie weiße Armbinden zu tragen, waren schutzlos und wussten nie so genau, ob und wann sie beobachtet wurden.

Vier Jahre später, die Zwillinge waren noch nicht ganz 14 Jahre alt, mussten sie dann mit ihren Eltern auf Nimmerwiedersehen ihre Heimat verlassen. Kurz zuvor hatten Werner und Reinhard noch ihre Konfirmation feiern können.

An einem Sonntag im April 1950 hatte sich die kleine Kirchengemeinde wieder zum Gottesdienst versammelt. Dieses Mal war es ein ganz besonderer Festtag für die Familie gewesen, denn Werner und Reinhard waren konfirmiert worden. Sogar Pfarrer Stöckel, der letzte noch verbliebene deutsche Pfarrer in Schlesien, war anwesend gewesen. Es schien, als habe man ihn bei den Evakuierungen der vergangenen Jahre übersehen und schließlich ganz vergessen. So war er für ganz Schlesien zuständig und schlug sich durch, indem er die vereinzelt übrig gebliebenen deutschen Christen besuchte und bei ihnen jeweils für ein paar Tage oder Wochen Unterschlupf fand. Nun war er nach Waldenburg angereist gekommen, um die Zwillinge sowie einige andere Kinder aus Waldenburg und Altwasser zu konfirmieren. Wie üblich waren auch bei diesem Gottesdienst zwei Beamte der polnischen Kriminalpolizei in der hintersten Reihe gesessen, um zu hören, ob etwa gegen die Polen aufgehetzt wurde.

Pfarrer Stöckel hatte für Werner und Reinhard liebevoll zwei Bibelstellen ausgesucht, die so richtig zu ihnen passten. Werner hatte als Konfirmationsspruch die Verse 2 und 3 aus Psalm 92 erhalten: »Das ist ein köstlich Ding, dem Herrn danken und lobsingen deinem Namen, du Höchster, des Morgens deine Gnade und des Nachts deine Wahrheit verkündigen.«

Reinhard hatte von ihm als Konfirmationsspruch einen Vers aus dem Epheserbrief mitbekommen: »Ermuntert einander mit Psalmen und geistlichen Liedern, singt und spielt dem Herrn in eurem Herzen« (Epheser 5,19). Dieser Spruch sollte ihn sein

Leben lang begleiten. Schon damals hatte er darin einen Auftrag Gottes an ihn gesehen und damit einen Hilferuf und ein Versprechen verbunden: »Gott, wenn du uns aus dieser schweren Lage bei den Polen erlöst und wir wieder in Freiheit leben dürfen, will ich für den Rest meines Lebens dir zu Ehren musizieren.«

An diesem Konfirmationssonntag hatten weder Reinhard noch irgendjemand in seiner Familie geahnt, dass die erbetene Erlösung so schnell kommen würde: vier Tage später.

Am Donnerstag mussten sie sich am Bahnhof einfinden, um abtransportiert zu werden. Die Aufforderung dazu hatten sie zwanzig Stunden zuvor erhalten. Damit begann eine lange Reise für die Zwillinge und ihre Eltern. Ihr großer Bruder Günther galt zu dieser Zeit als im Krieg vermisst; Walter hatte sich bereits früher in den Westen abgesetzt, um überleben zu können. Die gnadenlose Zwangsarbeit unter Tage hätte für ihn den Tod bedeutet.

Was die Polen »Rückführung nach Deutschland« nannten, bedeutete für die Familie ein Aufbruch in ein neues Leben mit unbekanntem Ziel. Über Umwege und mit zwangsläufigen Aufenthalten in fünf Durchgangslagern (Breslau, Heiligenstadt/ Thüringen, Friedland/Hessen, Biberach/Riß und Balingen) gelangten sie schließlich in ein ihnen zugewiesenes abgelegenes Dorf im Schwarzwald.

Von ihrem Hab und Gut hatten sie nur so viel mitbringen können, wie sie tragen konnten; alles andere musste zurückbleiben und war in die Hände der Polen gefallen. Wie einen Schatz hütet mein Vater heute noch das kleine schwarze Gesangbuch aus der schlesischen Heimatgemeinde, für das sich noch ein Platz in der Tasche gefunden hatte.

Neuen Anschluss und Freunde fanden sie in der neuen Heimat hauptsächlich über die Musik; sowohl Arthur als auch Werner und Reinhard spielten weiterhin Geige und Klavier und engagierten sich in Chören. Die bescheidene, liebevolle Familie fiel den Einheimischen schon bald positiv auf, und so manch anfänglicher Argwohn legte sich. Die Tatsache, dass Werner und Reinhard mit den anderen Dorfjungen Fußball spielen durften, zeigte die Akzeptanz, die ihnen im Lauf der Zeit entgegengebracht wurde. Für uns heute unvorstellbar hart arbeiteten die beiden daran, ihre versäumte Schulzeit nachzuholen. Schließlich hatten sie in Schlesien fünf Jahre lang keinen Unterricht erhalten, nachdem 1945 die Schulen in ihrer alten Heimat zu Feldlazaretten umfunktioniert worden waren.

Innerhalb von einem Jahr holten sie in der Dorfvolksschule im Schwarzwald die 4. bis 8. Klasse nach und schafften es, beinahe altersgemäß die Schule mit Auszeichnungen abzuschließen.

Zum Verwechseln ähnlich

Werner hat das Bändchen an seinem Handgelenk, das ihm nach der Geburt umgebunden worden war, um Verwechslungen zu vermeiden, noch lange getragen. Trotzdem kamen Verwechslungen der beiden Brüder häufig vor, so häufig, dass ihr Onkel Fritz in dem von ihm eigens verfassten Lied zur Taufe einen Vers diesbezüglich widmete: »Mit dem Bändchen um das Händchen ist Klein-Werner, merk es dir!« Gesungen wurde das Lied auf die Melodie »Eine Seefahrt, die ist lustig.«

Obgleich die Zwillinge sich heute nicht mehr ganz so ähnlich sehen, haben Verwechslungen sie ihr Leben lang begleitet. Manch komische Situationen hat es dabei im Laufe der Zeit gegeben.

Ihr Vater war abends viel unterwegs, hatte Proben mit dem Kirchenchor, Posaunenchor, leitete die kirchliche Männerarbeit und bereitete den Kindergottesdienst vor. Die Mutter leistete ihren Beitrag dazu, indem sie die beiden Jungen alleine zu Bett brachte. An den Abenden, wenn der Vater nicht zu Hause war, durften sie im Ehebett ihrer Eltern einschlafen. Das Abendritual war immer dasselbe: Es wurde gebetet, ein Lied miteinander gesungen und eine Geschichte vorgelesen. Wenn dann der Vater heimkam, trug er seine schlafenden Jungen in ihre eigenen Kinderbettchen. Eigentlich war er Brillenträger, er legte diese aber ab, sobald er nach Hause kam. So kam es häufig vor, dass er seine eigenen Söhne verwechselte. Werner und Reinhard amüsierten sich jedes Mal köstlich, wenn sie am nächsten Morgen im falschen Bett aufwachten.

Als sie Kinder waren, machten sie sich ab und zu einen Spaß daraus, sich als den anderen auszugeben. Sie waren meist gleich angezogen, sodass man schon genau hinschauen musste, wer denn nun welcher von den beiden war. Spitzbübisch konnten sie sich köstlich darüber amüsieren, wenn der Lehrer in der Schule nicht wusste, wen er vor sich hatte.

Als Werner und Reinhard sieben Jahre alt waren, wurden sie zur Feier des Geburtstages ihres Vaters besonders hübsch von ihrer Mutter angezogen. Wie gewöhnlich kam Arthur auch an seinem Ehrentag vom Büro nach Hause, um ein zweites Frühstück einzunehmen. Um ihrem Gatten eine besondere

Freude zu machen, hatte Johanna mit den Zwillingen ein Lied eingeübt, welches sie ihm nun zur Begrüßung vorsingen sollten:

»Kommen kleine Gäste zum Geburtstagsfeste, wünschen Heil und Segen dir auf allen Wegen.« So standen die beiden Jungen nun in ihren feinen Kleidern Händchen haltend an der Tür aufgestellt. Als Johanna ihren Mann kommen sah, zählte sie vor: »2, 3, 4«, und die Jungen sangen beide wie aus der Pistole geschossen los: »Das kann doch einen Seemann nicht erschüttern …!« Ihre Mutter fiel beinahe in Ohnmacht. Warum die Zwillinge gerade dieses Lied gleichzeitig anstimmten, ohne dies vorher abgesprochen zu haben, können sie selbst nicht sagen.

Einmal lagen Werner und Reinhard gleichzeitig mit Mumps im Bett. Um sie schön warm zu halten, hatte Johanna ihnen jeweils eine selbst gestrickte Mütze mit Bommeln aufgesetzt. Irgendwie bekamen die Zwillinge Appetit darauf, die Bommeln zu verspeisen. Als ihre Mutter wieder nach ihnen schaute, sah sie gerade noch, wie ihre kleinen Jungen die letzten Reste der Bommeln aufaßen …

Weihnachten 1949 hatte sich die kleine noch verbliebene Kirchengemeinde in Waldenburg zum
Gottesdienst versammelt. Der vom Vater geleitete
Kinderchor umrahmte den festlichen Gottesdienst
musikalisch. Die 13-jährigen Zwillinge sangen beide mit, Werner hatte mit seiner glasklaren Stimme
das Solo übernommen. Nach dem Gottesdienst kam
eine ältere Dame zu Reinhard und meinte ganz ent-
zückt zu ihm: »Du hast ja so schön gesungen, dafür
gebe ich dir zehn Zloty. Und damit dein Bruder nicht
traurig ist, soll er auch fünf Zloty bekommen.« Und
sie drückte ihm zwei Geldstücke in die Hand. Sie
wusste nicht, dass Werner und Reinhard zu Hause
ein schwarzes Holzkästchen hatten, in welches die
beiden jedes Geldstück legten, das sie bekamen. Sie
teilten alles, was sie hatten. Streit gab es deswegen
nicht.

1950 wurden die Zwillinge mit ihren Eltern während
der Aussiedlungszeit innerhalb von vier Wochen in
fünf verschiedenen Flüchtlingslagern untergebracht
In jedem dieser Lager wurde man geimpft und zum
Teil auch gepudert, um Ungeziefer abzutöten und
fernzuhalten. Da Werner stets höllische Angst vor

Spritzen hatte, heckten die beiden Brüder einen schlauen Plan aus: Kamen sie in einem neuen Lager an, ließ Reinhard sich zuerst impfen und legte seinen eigenen Impfpass vor. Während Werner sich irgendwo im Lager versteckte, reihte sich Reinhard nochmals in die lange Schlange der zu impfenden Lagerinsassen ein.

Dann ließ er sich ein zweites Mal impfen, legte aber dabei Werners Impfpass vor. Auf diese Weise wurde Werner nie geimpft, hatte aber trotzdem seinen Impfpass auf dem laufenden Stand. Für Reinhard war es keine Frage, seinem Bruder auf diese Art und Weise zu helfen.

Auch als junge, noch alleinstehende Männer verbrachten die Brüder viel Zeit miteinander, hauptsächlich wenn sie musizierten. Werner und Reinhard waren zusammen mit einem Cellisten und Bratschisten Gründungsmitglieder eines Streichensembles, welches innerhalb kurzer Zeit zahlreiche Hobbymusiker anzog und so zu einem stattlichen Orchester heranwuchs. Regelmäßige Proben unter der Leitung eines Kirchenmusikers ermöglichten schon bald die ersten Konzerte.

Die Zuhörer bemerkten meistens recht schnell, dass in diesem Orchester zwei Geiger beinahe identisch aussahen, und hatten oft ihren Spaß damit, von einem zum anderen zu schauen. Nach einem Konzert mischten sich die Musiker manchmal unter die Gäste, um auf ihr gelungenes Konzert anzustoßen. So standen eines Tages Werner und Reinhard nebeneinander und plauderten mit einer Dame, die ihren zehnjährigen Sohn mitgenommen hatte. Irgendwann fiel ihnen auf, dass der Junge sie unverwandt anschaute, sein Blick wanderte abwechselnd von einem zum anderen Zwillingsbruder. Schließlich schien ihm eine Erleuchtung gekommen zu sein und er rief seiner Mutter aufgeregt zu: »Du Mama, die zwei haben ja die ganz gleichen Mäuler!« Während die Mutter vor Scham am liebsten im Erdboden versunken wäre, konnten Werner und Reinhard herzlich über die Beobachtungsgabe und Offenheit des Jungen lachen.

Wieder einmal war Orchesterprobe. Werner und Reinhard spielten normalerweise nebeneinander die erste Geige, wobei Reinhard als Konzertmeister ganz rechts außen saß. Fehlte Reinhard bei einer Probe, setzte Werner sich auf dessen Platz und übernahm den Posten des Konzertmeisters. Das war auch an jenem Donnerstagabend 1972 der Fall, als Gertrud zum ersten Mal mit ihrer Querflöte zur Probe kam und neuen Anschluss suchte. Sie kam mit Werner ins Gespräch und die beiden machten sich miteinander bekannt. Gertrud wurde ins Orchester aufgenommen, begann sich aber bald darüber zu wundern, wie eigenartig der Konzertmeister reagierte, als sie ihn beim nächsten Mal freudig begrüßte. Er schien sich überhaupt nicht mehr an sie zu erinnern! Was sie damals noch nicht ahnen konnte, war, dass bei ihrer zweiten Probe nur Reinhard, aber dieses Mal dafür Werner nicht anwesend war. So nahm sie selbstverständlich an, wieder Werner vor sich zu haben. Dies ging noch ein paar Wochen so, bis ihr dann die Erleuchtung kam, als sie endlich einmal beide Brüder gemeinsam am Pult sitzen sah. Gertrud wurde ein paar Jahre später übrigens Werners Frau.

Reinhard wurde nach seiner Lehre als Werkzeugmacher von seinem Ausbildungsbetrieb übernommen und erhielt dort eine feste Anstellung. Werner machte eine Schreinerlehre und fand in einem

Möbelbetrieb eine feste Anstellung. Viele Jahre später erhielt er Post von der Bundesversicherungsanstalt für Angestellte in Berlin. Nichts Böses ahnend öffnete er den Brief und traute seinen Augen kaum, als er diesen las:

»Sehr geehrter Herr Seidel,
bei der Überprüfung Ihrer Unterlagen mussten wir leider feststellen, dass die Angaben zu Ihrer Person nicht stimmen. Weder Ihre Angaben zum Arbeitgeber noch zum Familienstand stimmen mit den uns gemeldeten Informationen überein. Wir erwarten umgehend eine Erklärung von Ihnen, ansonsten sehen wir uns gezwungen, Anzeige zu erstatten.
Hochachtungsvoll«

Beim Lesen dieser Zeilen platzte Werner beinahe der Kragen. Ihm war zwar schnell klar, dass es sich hierbei ebenfalls um eine Verwechslung mit seinem Bruder handeln musste, jedoch trafen ihn die unpersönlichen, vorwurfsvollen Anklagen zutiefst. Offensichtlich hatte ein Sachbearbeiter nicht auf die Vornamen geachtet und die Unterlagen von Reinhard mit den Angaben von Werner verglichen.

Ohne lange zu zögern, setzte er sich an seinen Schreibtisch und verfasste eine Antwort für die BfA:

»Sehr geehrte Damen und Herren,
als anständiger und ehrlicher Bürger Deutschlands habe ich mit großer Bestürzung Ihren Brief gelesen. Ich weise jegliche Verdächtigung zurück und kann Ihnen versichern, dass ich keine falschen Angaben gemacht habe. Bei den Ihnen vorliegenden, angeblich falschen Informationen handelt es sich um eine Verwechslung mit meinem Zwillingsbruder Reinhard. Haben Sie da oben in Berlin noch nie etwas von eineiigen Zwillingen gehört und gesehen?
Hochachtungsvoll«

Zum Beweis legte Werner ein Foto bei, das im Alter von vier Jahren von den Zwillingsbrüdern gemacht worden war. Darauf sehen sich die beiden so ähnlich, dass sie heute selbst nicht genau wissen, wer von ihnen welcher ist. Das wirkte: Die Bundesversicherungsanstalt berichtigte ihre Unterlagen.

Werner wechselte später vom Möbelbetrieb nach Freudenstadt in eine Berufsfachschule für Schreiner, wo er die Auszubildenden unterrichtete. Reinhard arbeitete inzwischen für einen Betrieb in Schramberg. Eines Tages machte das Lehrerkollegium der Schule einen Ausflug mit dem Bus. Werner hatte sich vom Ausflug abgemeldet, weil er in der Schule bleiben wollte, um sich auf einen Meisterkurs vorzubereiten. Gerade als der Bus durch Schramberg fuhr, spazierte Reinhard in seiner Mittagspause durch die Stadt und wurde von Werners Kollegen gesehen. Am nächsten Tag wurde Werner zum Schulleiter bestellt, um eine Erklärung abzugeben, warum er in Schramberg gesehen worden war, anstatt in der Schule zu arbeiten. Dieser Zufall konnte schnell aufgeklärt werden, zumal der Schulleiter beide Zwillingsbrüder kannte, und erheiterte den Schulalltag noch lange danach.

Dass die Zwillinge, ohne Absprache, immer wieder Gleiches vorhatten, zeigt sich an folgender Episode:

In einem Nachbardorf gab es einen Weinhändler, bei dem weder mein Vater noch mein Onkel für gewöhnlich ihren Wein kauften. Neben seinem Weinhandel betrieb der Weinhändler noch eine kleine Gastwirtschaft als Familienbetrieb.

An einem Samstag hatte Werner die Idee, mit seiner Frau dorthin zu fahren, um in dem kleinen Restaurant des Weinhändlers etwas zu essen und anschließend ein paar Flaschen Wein zu kaufen. Dieselbe Idee hatte auch Reinhard an jenem Tag. Ohne dass die beiden dies voneinander wussten oder es miteinander abgesprochen hatten, tauchte nun mein Vater zwei Stunden später mit meiner Mutter in diesem Lokal auf, um genau dasselbe zu tun, was bereits mein Onkel mit seiner Frau getan hatte: dort eine Kleinigkeit essen und anschließend Wein kaufen.

Die Frau des Weinhändlers sah die beiden zunächst verdutzt an, sagte aber nichts. Immer wieder warf sie verstohlene Blicke auf meine Eltern, bis es schließlich aus ihr herausplatzte und sie laut genug zu ihrem Sohn sagte, sodass meine Eltern es hören konnten: »Jetzt kommt der Mann schon wieder, und mit einer anderen Frau … !«

Manche Leute wissen bis heute nicht, dass es Herrn Seidel zweimal gibt, woraus sich auch schon die eine oder andere heitere Situation ergeben hat. Schon oft wurde mein Vater freundlich mit Namen von jemandem begrüßt, den er überhaupt nicht kannte. Er grüßt dann stets genauso freundlich zurück, und so bleibt die Verwechslung für gewöhnlich unbemerkt.

Etwas schwieriger wird es allerdings, wenn sich derjenige nicht auf eine Begrüßung beschränkt, sondern ein Gespräch sucht: »Wissen Sie noch, damals ...?« Natürlich weiß er es dann nicht und muss so manches Mal den verdutzten Fragesteller aufklären, was wiederum mit garantiertem Lachen endet und für neuen Gesprächsstoff sorgt.

Unsere Tochter Melissa war vier Jahre alt, als wir auf Heimatbesuch bei meinen Eltern waren. Wir lebten zu dieser Zeit in den USA und kamen einmal im Jahr nach Deutschland. Meinen Onkel Werner kannten die Kinder eigentlich noch nicht. Sie hatten ihn zu lange nicht mehr gesehen, um sich an ihn zu erinnern. An einem warmen Sommertag waren wir gerade alle draußen vor dem Haus, als Werner die Straße hochkam. Melissa beobachtete, wie er näher kam, und überlegte angestrengt. Sie schaute von Werner auf ihren Opa und wieder zurück. Dann gab sie sich selbst eine Erklärung, indem sie ihn begrüßte: »Opa Werner.« Ohne dies wissen zu können, spürte sie, dass die Zwillingsbrüder zusammengehörten, sie sah die Ähnlichkeit zu ihrem Opa, wusste aber gleichzeitig, dass dies ein anderer Mann war. Über seine neue Bezeichnung hat sich mein Onkel übrigens sehr gefreut; so blieb er noch viele Jahre lang »Opa Werner« für unsere Kinder.

Einmal hat Isabella, unser Dalmatiner, die beiden verwechselt. Mein Onkel Werner kam uns anlässlich eines Familientreffens besuchen. Es war das erste Mal, dass er uns seit unserem Umzug aus Amerika besuchte. Isabella hatte ihn noch nie zuvor gesehen. Mein Vater, den sie gut kennt und sehr in ihr Hundeherz geschlossen hat, war noch am Auto, als Werner bereits an unserer Haustür klingelte. Kaum war die Tür geöffnet, stürmte Isabella auf Werner zu und begrüßte ihn freudig, ohne auch nur einen Augenblick zu zögern. Als mein Vater zwei Minuten später auch vor der Tür stand, stutzte sie zwar kurz, wiederholte aber dann einfach ihre Begrüßungszeremonie.

Nicht nur äußerlich sehen sich die eineiigen Zwillingsbrüder sehr ähnlich, auch ihr Charakter und ihre Interessen gleichen sich. Dies zeigt sich zuweilen, indem sie ohne vorherige Absprache dieselbe Kleidung tragen, einmal sehr zur Erheiterung der Männerriege ihrer Seniorenturngruppe, wie mein Vater erzählt:

»Als wir uns neulich im Umkleideraum umzogen, bemerkten Werner und ich, dass wir zufällig die gleichen neuen Turnschuhe gekauft hatten. Wir saßen nebeneinander und schnürten unsere Schuhe zu, als wir bemerkten, dass wir dieselbe Marke gekauft hatten, zur selben Zeit, aber an verschiedenen Orten.«

Dass noch eine Steigerung möglich ist, indem die Zwillinge sogar zur gleichen Zeit und an derselben Stelle eine Verletzung hatten, zeigt folgende Geschichte:

Reinhard wurde zu einer Kur nach Bad Neuenahr geschickt, wo ihm bei einer Untersuchung Blut abgenommen wurde. Dabei bildete sich ein großer Bluterguss am linken Arm. Mit diesem Hämatom am Arm kam mein Vater dann aus der Kur zurück und erzählte seinem Bruder davon: »Ich habe ein schönes Souvenir aus Bad Neuenahr mitgebracht, schau mal!«, und krempelte seinen linken Ärmel hoch, um Werner den Bluterguss zu zeigen. Daraufhin brach Werner in Gelächter aus, krempelte ebenfalls seinen linken Hemdsärmel hoch und entblößte einen großen blauen Fleck an seinem Oberarm: »Da kann ich mithalten, bei mir ist dasselbe passiert!« Die beiden Brüder amüsierten sich köstlich über die gleiche Violettfärbung ihrer linken Arme, umso mehr, als sie feststellten, dass die Einstiche auch noch zur selben Zeit erfolgt waren.

Solche und ähnliche Begebenheiten kamen immer wieder vor und erheiterten den oft mühevollen Alltag. Heute bieten die Erinnerungen daran einen Schatz an Gesprächsstoff mit garantiertem Lacherfolg.

Ein Licht strahlt auf

Im Gegensatz zu meinem Vater war meine Mutter das erstgeborene Kind ihrer Eltern. Sie war auch keine Überraschung, ganz im Gegenteil. Sieben lange Jahre hatten ihre Eltern auf ein Baby gehofft, doch eine Schwangerschaft wollte sich nicht einstellen. Für die damalige Zeit war es eher ungewöhnlich, dass man wegen unerfülltem Kinderwunsch zum Arzt ging, der in so einem Fall auch schnell an seine Grenzen stieß. Doch Gertrud und ihr Mann Georg wollten nichts unversucht lassen, und so ließ Gertrud sich von ihrem Frauenarzt untersuchen. Georg war überzeugt davon, dass es nicht an ihm liegen würde, und hatte seine Frau allein zum Arzt geschickt. Tatsächlich stellte der Arzt dann bei Gertrud fest, dass ihre Eileiter verklebt waren. Mit einem relativ einfachen, schnellen Eingriff konnte er Abhilfe schaffen. Dies war Ende 1937.

Während im Jahr 1938 Heinz Rühmann mit seinem Lied »Ich brech' die Herzen der stolzesten Frau'n« und Zarah Leander mit »Eine Frau wird erst schön durch die Liebe« sowie »Kann denn Liebe Sünde sein« die Hitlisten anführten, war Gertrud schwanger und endlich wurde im Oktober desselbigen Jahres ihr lang ersehntes Baby geboren. Georg hatte sich einen kleinen Stammhalter gewünscht und auf einen Jungen gehofft, welchen er Ulrich nennen wollte. Natürlich hatten auch sie damals nicht die Möglichkeit, schon vor der Geburt das Geschlecht des Kindes zu erfahren, und mussten sich bis zur Geburt gedulden. Doch Gertrud brachte ein kleines Mädchen zur Welt, gesund und munter.

Das Mädchen erhielt den Namen Ulrike. Ulrike verbrachte ihre ersten Lebensjahre in dem kleinen Städtchen Blüchersfelde bei Liegnitz in Schlesien, wo ihr Elternhaus stand. Sie war ein zufriedenes kleines Mädchen, das ihren Eltern viel Freude machte. Ulrike war für Gertrud und Georg wie ein Licht in den dunklen Tagen des herannahenden Zweiten Weltkriegs.

Doch Zeit, ihr Kind zu genießen, blieb den Eltern nicht viel. Ulrikes Vater war ein strenger Lehrer vom alten Schlag, dessen oberstes Gebot Disziplin und Ordnung war. Ihre Mutter war gelernte Schneiderin und hatte großes Geschick für alle Handarbeiten. Gerne hätte sie sich etwas Taschengeld verdient und für andere Leute genäht, doch das erlaubte ihr Mann nicht. Er empfand es unter seiner Würde, seine Frau für andere arbeiten zu lassen. Dafür überließ er ihr aber gerne die Kindererziehung; es wäre ihm sogar höchst unangenehm gewesen, wenn man ihn dabei beobachtet hätte, dass er einen Kinderwagen schieben oder gar die Windeln wechseln würde. So versuchte er es überhaupt nicht erst.

Nicht ganz zwei Jahre nach Ulrikes Geburt, im Juni 1940, wurde ihr Brüderchen Hansgeorg geboren. Zu diesem Zeitpunkt war Vater Georg bereits in den Krieg eingezogen worden und erfuhr nichts von der Geburt des ersehnten Sohnes. Erst drei Monate später durfte er sein Söhnchen während eines Heimaturlaubs das erste Mal in den Armen halten. Aus diesem zweiwöchigen Urlaub entstand für Georg und Gertrud ein weiteres Baby. Nur gut ein Jahr nach der Geburt von Hansgeorg brachte Gertrud wieder einen kleinen Jungen zur Welt. Er wurde auf den Namen Konrad getauft und sollte seinen Vater erst kennenlernen, als er bereits laufen und die ersten Worte sprechen konnte.

Neben der Versorgung der Kinder bewirtschaftete Gertrud das Haus mit großem Garten alleine.

Gemüse und Obst wurden angepflanzt und mussten gepflegt und geerntet werden. Außerdem nahm Gertrud in der Abwesenheit ihres Mannes dankbar jede Näharbeit an, um sich und ihre Kinder über die Runden zu bringen.

So blieb es jahrelang ihr überlassen, die Kinder alleine großzuziehen und für den Lebensunterhalt der Familie zu sorgen. Als der Vater für einen kurzen Urlaub nach Hause kam, erkannten ihn seine Kinder nicht. Sie fragten ihre Mutter, wer denn dieser fremde Mann sei. Georg reagierte äußerst empfindlich auf diese zurückhaltende Begrüßung seiner Kinder, was die Harmonie der für kurze Zeit wiedervereinten Familie empfindlich störte.

Während Georg weiterhin seiner Pflicht als Kavallerist nachging, musste Gertrud mit ihren drei kleinen Kindern ihre Heimat verlassen und eine monatelange zermürbende Zeit der Flucht durchleben. Große Bewahrung erfuhr sie mit ihren drei Kindern immer wieder, indem sie von Bauersleuten aufgenommen wurde, die ihre Dienste als Schneiderin dringend benötigten und gerne in Anspruch nahmen. Gertruds Begabung, selbst aus alten Stoffresten noch brauchbare Kleidungsstücke zu schneidern, wurde für sie im Laufe der Jahre so manches Mal zum Segen. Kleidung gab es keine zu kaufen. Anstatt wie die anderen Flüchtlingsfrauen auf dem Feld schwere Arbeit zu leisten, konnte Gertrud bei ihren Kindern bleiben, indem sie Kleider für die Familie nähte, bei der sie Unterschlupf gefunden hatte.

Meine Großmutter war nicht zimperlich. Das konnte sie sich auch als junge Mutter dreier Kinder nicht leisten, während der Krieg um sie herum tobte und überall seine hässlichen Spuren der Verwüstung hinterließ. So verlangte sie einiges von ihren Kindern ab, vor allem von Ulrike, die als Älteste schon früh bei der Betreuung ihrer beiden Brüder helfen und viele Aufgaben im Haushalt übernehmen musste. Der Geist der Liebe und Sanftmütigkeit, welcher im Elternhaus meines Vaters wohnte, war im Hause meiner Mutter ein nur selten gesehener Gast; wie ein Fremder blieb er meistens draußen. Die Gebete und Lieder der Familie meines Vaters blieben meiner Mutter und ihren Brüdern weithin unbekannt. Ihre Eltern hatte dafür weder Worte noch Töne.

Obwohl meine Eltern die ersten Jahre beide in Schlesien aufwuchsen – mein Vater in Waldenburg, meine Mutter in Blüchersfelde –, gab es kaum Parallelen bei den beiden; zu groß waren die familiären Unterschiede.

Im Gegensatz zu meinem Vater begann der lange Treck in eine neue Heimat für meine Mutter viel früher – gemeinsam mit ihren Brüdern und ihrer Mutter verließ sie bereits 1946 im Alter von acht Jahren auf Nimmerwiedersehen ihre Heimat in Schlesien. Auf Umwegen und nach einem längeren Aufenthalt im Riesengebirge bekamen sie schließlich in einem kleinen Dorf in Norddeutschland in der Nähe von Bremen eine neue Bleibe zugewiesen.

Ihre restliche Kindheit, die sie dort noch verbrachte, behielt meine Mutter später mit gemischten Gefühlen in Erinnerung. Gerne dachte sie daran zurück, wie sie gemeinsam mit den anderen Dorfkindern stundenlang den nahe gelegenen Wald durchkämmte, im Dorfsee schwamm oder dabei half, die Tiere der benachbarten Bauern zu versorgen. Von ihrer Mutter lernte sie das Nähen und viele andere Handarbeiten wie Stricken, Häkeln und Sticken.

Der Vater meiner Mutter war gegen Ende des Krieges in amerikanische Gefangenschaft geraten, wurde aber kurz darauf wieder freigelassen. Von Österreich aus begann er, nach seiner Familie, mit der er jahrelang keinen Kontakt gehabt hatte, zu suchen. Mithilfe des Suchdienstes des Roten Kreuzes wurde die Verbindung wieder hergestellt. So kam auch er schließlich nach Norddeutschland; Gertrud und er begannen, dort gemeinsam ein neues Leben aufzubauen.

Bei dem heimkehrenden Vater waren jedoch irreparable Gesundheitsschäden zurückgeblieben, sowohl physisch als auch psychisch. Eine psychologische Betreuung, die er bitter nötig gehabt hätte, bekam er damals nicht. Ulrike kam in den zwiespältigen Genuss, bei ihrem eigenen Vater Unterricht zu erhalten, als er die Stellung des Dorflehrers in der Volksschule bekam. Um jeglichen Verdacht, er würde seine Tochter bevorzugt behandeln, im Keim zu ersticken, wurde Ulrike eine besondere Strenge zuteil.

So war sie froh, als sie mit 16 Jahren die Möglichkeit hatte, nach ihrem Realschulabschluss erste Schritte in die Selbstständigkeit zu machen, indem sie eine Sprachenschule in Bremen besuchte, wo sie bei einer Familie zur Untermiete wohnte. Zwei Jahre später war sie mit ihrer Ausbildung zur Fremd-sprachensekretärin mit den Sprachen Englisch und Französisch fertig und trat ihre erste Stelle bei einem Wollimportunternehmen in Bremen an.

Doch Ulrike wollte in die weite Welt hinaus. Über Kontakte ihrer Firma bekam sie eine Stelle als Au-pair-Mädchen bei einer wohlhabenden Familie in Schottland. Mit 19 Jahren tauschte sie ihr Zimmer in der Großstadt mit einer Wohnung auf einem schlossähnlichen Landsitz in der Nähe von Edin-burgh, dessen Besitzer Verbindungen bis ins briti-sche Königshaus hatten.

Gerne wäre Ulrike noch länger geblieben. Doch auf das Drängen ihres Vaters hin entschloss sie sich schweren Herzens, zwei Jahre später nach Deutsch-land zurückzukehren, um sich eine feste Anstel-lung zu suchen. Sie begann vorerst, noch einmal in Bremen zu arbeiten. Doch schon bald hatte sie wieder Lust darauf, etwas ganz Neues kennen-zulernen, und suchte sich eine Arbeitsstelle im Sü-den Deutschlands, in einem kleinen Städtchen im Schwarzwald.

Der Grundstein wird gelegt

Im Nachbarort des kleinen Städtchens sollte ein neues Kirchlein für die evangelischen Christen gebaut werden; eine Filiale der Hauptkirche, damit die Dorfbewohner auf ihrem 200 Meter höher gelegenen Berg bleiben konnten, um Gottesdienste zu feiern. Über eine kleine steile Verbindungsstraße konnten sie zwar den Höhenunterschied auch mit dem Auto überwinden, doch die schneereichen Winter schnitten das Bergdorf bisweilen von der Außenwelt ab. Außerdem lagen Welten zwischen dem Städtchen mit seiner ehrwürdigen Klosterkirche, die Jahr für Jahr viele Touristen anzog, und dem von Bauernhöfen geprägten Dorf.

Die Grundsteinlegung für das neue Kirchlein wurde 1961 festlich begangen und mit Musik der Klosterkantorei umrahmt. Anschließend machte sich die Gruppe junger Sängerinnen und Sänger fröhlich auf den Weg, um gut gelaunt den Berg hinab nach Hause ins Tal zu wandern. Dabei kam mein Vater ins Gespräch mit einer gut aussehenden jungen Dame, welche offensichtlich auch zugezogen war, denn sie sprach nicht das für die Gegend übliche Schwäbisch, sondern reines Hochdeutsch. Begegnet waren sie sich schon früher, denn sie arbeiteten beide in demselben Unternehmen und sangen im Kirchenchor mit. Aber sie hatten sich bisher noch nicht näher bekannt gemacht. Schnell freundeten sich Ulrike und Reinhard an, fanden Parallelen und gemeinsame Interessen. Sie stellten fest, dass Ulrike ebenfalls aus Schlesien stammte und dass sie und ihre Familie ein ähnliches Schicksal ereilt hatte, indem auch sie die Heimat hatten verlassen müssen. Im Gegensatz zu Reinhard war Ulrike aber alleine in den Schwarzwald gezogen und hatte seit ihrem Schulabschluss nicht mehr bei ihren Eltern gewohnt.

Da auch Ulrike gerne sang, war sie dem Kirchenchor beigetreten. Ein Mitsänger formulierte es später so: »Sie lernten sich kennen im Kirchenchor, Ulrike sang Alt und Reinhard Tenor.«

Aus den beiden wurde zwei Jahre später ein Ehepaar. Bei der Grundsteinlegung der Kirche wurde so auch der Grundstein für eine neue Familie gelegt. Ihre Hochzeit 1963 feierten sie in Bassum, der Heimat meiner Mutter. Während der Verlobungszeit hatten ihre Eltern den zukünftigen Schwiegersohn bei jeder Begegnung kritisch beäugt und schließlich für gut befunden, sodass auch der Vater meiner Mutter seinen Segen zu ihrem gemeinsamen Leben gegeben hatte. Als Trauspruch hatten sie einen Vers aus dem Galaterbrief gewählt: »Einer trage des andern Last, so werdet ihr das Gesetz Christi erfüllen« (Galater 6,2).

Schon bald nach ihrer Hochzeit vollzog sich eine weitere Grundsteinlegung, indem meine Eltern damit begannen, ein Haus zu bauen. Sie hatten beide eine sichere Arbeitsstelle und wollten ihr gemeinsames Leben im Schwarzwald aufbauen.

Werner und Reinhard hatten im Neubaugebiet auf dem Berg jeweils einen Bauplatz in derselben Straße erworben und bauten nun zeitgleich ihre Häuser mit viel Eigenleistung. Das Haus meiner Eltern steht oben am Berg, das Haus von Werner vier Häuser weiter unten. Die beiden Brüder halfen sich gegenseitig beim Hausbau, wobei Reinhards Haus zuerst fertiggestellt wurde, da meine Mutter inzwischen schwanger war, während Werner seine Frau noch nicht einmal gefunden hatte. Als Werners Haus ebenfalls fertig war, zogen meine Großeltern

Johanna und Arthur bei ihm mit ein. Für sie war eine kleine Dachwohnung eingerichtet worden. Somit fuhr Werner mit der eher unbeabsichtigten Tradition fort, stets mit seinen Eltern unter einem Dach zu wohnen – von seiner Geburt an bis zum Tod seiner Eltern.

Als das Haus meiner Eltern gebaut war, füllte es sich schnell mit Leben. Im Laufe von sechs Jahren wurden meinen Eltern drei Kinder geboren: meine beiden Brüder und ich. Thomas war vier Jahre ein Einzelkind, bevor ich geboren wurde. Wie meine Mutter erzählte, tat er sich schwer damit, mich zu akzeptieren. Er hätte mich am liebsten wieder zurückgegeben, als ihm klar wurde, dass ich nun auch mit eingezogen war. Zwei Jahre später wurde mein kleiner Bruder Markus geboren. Nun hatten meine Eltern zwei Jungen und ein Mädchen; genauso, wie es bei meiner Mutter gewesen war – mit dem Unterschied, dass sie die Älteste war und ich in der Mitte.

Das Geld war oft knapp in den Anfangsjahren. Meine Mutter hatte ihre Arbeitsstelle aufgegeben und kümmerte sich um uns Kinder. Um sich etwas dazuzuverdienen, vermieteten meine Eltern zwei

Zimmer im unteren Stockwerk an Urlaubsgäste, für die meine Mutter das Frühstück machte. Das war viele Jahre eine gute Einnahmequelle, doch im Laufe der Zeit stiegen die Ansprüche der Gäste. Man erwartete nun Zimmer mit Fernseher und Telefon sowie einen Aufenthaltsraum. Das konnten meine Eltern nicht bieten; schließlich verteilten wir uns als Familie auf allen drei Stockwerken des Hauses.

Seit der Grundsteinlegung des Kirchleins ist ein halbes Jahrhundert vergangen. Das Kirchlein ist längst erbaut, wir Kinder sind inzwischen erwachsen und haben unsere eigenen Familien. Viel hat sich verändert, doch noch immer musizieren die Zwillingsbrüder miteinander und unterstützen sich gegenseitig. Mein Vater leitet seit 30 Jahren den Kirchenchor des kleinen Kirchleins, Onkel Werner dirigiert ein Seniorenorchester. Bei Aufführungen ist es wie immer selbstverständlich für die Brüder, dass sie sich gegenseitig unterstützen, sei es mit Gesang oder Geige; gelegentlich brummt mein Vater auch mit seinem Kontrabass dazu oder Werner stellt sein selbst gebautes Cembalo zur Verfügung.

Trautes Heim

Da das Grundstück meiner Eltern an einem Berg liegt, war das Anlegen eines Gartens nicht einfach. Wegen der Hanglage mussten sie mehrere Mäuerchen setzen und viel Muttererde anfahren lassen. Nur so konnten meine Eltern ein paar Rasenflächen und Beete anlegen.

Doch für meine Mutter war die Hanglage eine Herausforderung, der sie sich mit viel Energie und Ausdauer stellte. Einen Garten anzulegen, bedeutete für sie nicht nur Arbeit, sie fand dabei Entspannung und viel Freude.

Mächtig thront heute eine enorm große Birke dort, wo die Sandsteintreppe zur weiter unten gelegenen Wiese führt. Mama hatte die Birke als kleines Bäumchen aus ihrer Heimat in Norddeutschland mitgebracht.

In dem Gartenteich, den meine Mutter selbst anlegte, tummelten sich schon bald Wasserschnecken, Libellen und Frösche, die ihren Laich dort ablegten. Liebevoll bestückte sie den Teich mit Seerosen und umrahmte ihn mit Schilf. Dorthin konnte Mama sich immer wieder zurückziehen, um sich an Tieren und Pflanzen zu erfreuen und ihre Seele baumeln zu lassen.

Diese Liebe zu ihrem Garten hegte und pflegte meine Mutter bis zu ihrem Lebensende.

Wir wuchsen umgeben von herrlicher Natur und in einer Zeit auf, in der wir sorglos stundenlang im Wald spielen konnten. Waren wir zu Hause, verbrachten wir viel Zeit mit Gesellschaftsspielen: »Mensch ärgere dich nicht«, »Malefiz« und »Elfer raus« gehörten zu unseren Lieblingsspielen. Auch lasen wir gerne; meine Mutter nahm uns regelmäßig mit in die Bücherei, wo wir uns mit neuem Lesestoff eindecken konnten. Oder wir beschäftigten uns mit unseren Tieren. Im Laufe der Jahre hatten wir mehrere Katzen, Wellensittiche, Schildkröten und Fische.

Thomas übernahm als Ältester von uns Geschwistern gerne das Kommando; wir folgten unserem großen Bruder meistens gehorsam. Als Kind in der Mitte war ich zuweilen hin und her gerissen zwischen meinen beiden Brüdern und musste mich entscheiden, zu wem ich halten wollte. Für gewöhnlich bildeten wir Parteien, indem zwei gegen einen waren. Aufgrund des größeren Altersunterschiedes zu Thomas steckten wir »Kleinen« schließlich meistens zusammen unter einer Decke. Unsere Spiele waren unserem großen Bruder sowieso zu kindisch. Während mein kleiner Bruder Markus sich wie Tarzan am Seil durch die Bäume schwingend fortbewegte, bevorzugte mein großer Bruder den Denksport und spielte lieber Schach. Besonders liebte Markus es, Schätze im Wald zu vergraben, bestückt mit allen möglichen Dingen, die uns damals so wertvoll wie Gold und Silber waren: bunte Plastikperlen, Kaugummis und Bonbons, eine Steinschleuder, Magnete, leere Schneckenhäuschen, einmal sogar ein leerer Schildkrötenpanzer von unserer verstorbenen maurischen Schildkröte Dora. Würde heute jemand das Waldstück hinter unserem Garten umgraben, so würde er vermutlich noch die eine oder andere Kostbarkeit zum Vorschein bringen.

An einem warmen Sonntagnachmittag kam Markus auf einmal auffällig leise ins Haus geschlichen und legte sich sofort in sein Bett. Da meine Eltern nicht zu Hause waren, ging ich besorgt in sein Zimmer, um zu sehen, was passiert war: »Markus, ist dir nicht gut? Was ist denn los mit dir?« Mit blassem Gesicht erzählte er mir, was er im Wald gemacht hatte: »Ich bin auf die große Eiche geklettert und habe ein Seil um den Ast gebunden. Dann wollte ich mich mit dem Seil zum nächsten Baum schwingen, aber dabei ist es abgerissen, und ich fiel runter. Jetzt habe ich so starke Kopfschmerzen wie noch nie, und schlecht ist mir auch!« Kurze Zeit später kamen meine Eltern nach Hause und ich erzählte ihnen sofort von Markus' Unfall. Sie riefen einen Arzt, der dann bei ihm eine Gehirnerschütterung feststellte und ihm einige Tage Bettruhe verordnete. Seitdem sah man meinen kleinen Bruder nicht mehr wie Tarzan durch die Bäume schwingen.

Für uns Kinder war es herrlich, Oma und Opa in unmittelbarer Nähe zu haben. Meine Großeltern Johanna und Arthur durften ihren Lebensabend in Ruhe und Frieden verbringen. Sie lebten bescheiden und zufrieden in der kleinen Dachwohnung im Haus von Onkel Werner. Wann immer wir wollten, durften wir sie kurz besuchen. Wir wussten, dass Oma stets ein Stück Schokolade für uns hatte, außerdem besaßen sie schon einen Fernseher, bevor meine Eltern einen hatten. Thomas saß gerne mit Opa zusammen und tauschte Briefmarken mit ihm.

Wer auch immer zu Besuch bei Oma und Opa war, ging ein kleines bisschen verändert nach Hause. Ein Pfarrer, der sie besuchte, formulierte es einmal sehr beeindruckt so: »Johanna hat nicht nur viel Liebe für andere, sie ist die Liebe selbst.«

Johanna und Arthur erreichten beide ein hohes Alter. Ihre goldene Hochzeit feierten sie bei noch recht guter Gesundheit im Kreise der gesamten Familie. Arthur starb ein paar Jahre später im Alter von 80 Jahren. Johanna hatte danach nur noch den einen Wunsch, ihrem Mann baldmöglichst zu folgen. Zwei Jahre später wurde ihr dieser Wunsch erfüllt. Mein Vater saß an einem Sonntagabend neben ihr auf dem Sofa. Die beiden plauderten miteinander, als plötzlich das Gesicht seiner Mutter wie verklärt schien. Sie schaute zur Wohnzimmertür und streckte die Arme aus mit den Worten: »Wer kommt denn da?« Dann sackte sie zusammen und starb noch in derselben Nacht im Krankenhaus. Wir vermuten, dass der Heiland selbst gekommen ist, um sie abzuholen und in die ewige Heimat zu bringen.

Während mein Vater für das Einkommen sorgte, indem er nicht nur seinem Beruf nachging, sondern nach Feierabend noch Geigen- und Klavierunterricht gab, ging meine Mutter ihren zahlreichen Aufgaben als Hausfrau und Mutter nach. Wie sie das alles bewältigte, wird mir wohl immer ein Rätsel bleiben. Sie kümmerte sich nicht nur um uns Kinder, das Haus und den Garten, sondern hatte stets auch eine Handarbeit nebenbei in Bearbeitung. Sie nähte unsere Kleider, strickte Pullover und Socken und probierte immer wieder einmal ein neues Hobby aus. Ich kann mich erinnern, dass sie Ölbilder malte, töpferte (wofür mein Vater ihr eine Töpferscheibe gebaut hatte), Blumen trocknete, Makrameebilder knüpfte, sowie Batik und die Stoffmalerei ausprobierte. Sie bastelte nicht nur in der Weihnachtszeit viel mit uns Kindern. Wann immer es möglich war, ging sie mit uns hinaus in die Natur. Auf langen Spaziergängen und Wanderungen beobachteten wir Waldtiere, sammelten Beeren und Pilze und lernten so manches über Tierspuren und Wiesenkräuter.

Unseren ersten Fernseher kauften meine Eltern 1974, was ein großes Ereignis für die ganze Familie war. Bisher hatten wir nur ab und zu bei den

Großeltern fernsehen können. Schon bald hatten wir unsere Lieblingssendungen, und man fand uns zu bestimmten Zeiten regelmäßig vor dem Fernseher. Besonders gerne schauten wir »Biene Maja«, »Das feuerrote Spielmobil«, »Heidi«, »Lassie«, »Pan Tau«, »Pinocchio«, »Plumpaquatsch«, »Pippi Langstrumpf«, »Timm Thaler«, »Wickie« und »Die Wombels« an.

Bei Spielshows wie »Dalli Dalli« mit Hans Rosenthal, »Der große Preis« mit Wim Thoelke und »Am laufenden Band« mit Rudi Carrell versammelte sich unsere ganze Familie vor dem Fernseher.

Abends, wenn wir Kinder schon im Bett lagen, konnte es hin und wieder vorkommen, dass meine Eltern sich nach getaner Arbeit gemeinsam vor den Fernseher setzten, um einen Film anzuschauen. War es eine Komödie wie ein Heinz-Erhardt- oder Heinz-Rühmann-Film, ein Theaterstück des Ohnsorg-Theaters oder etwas anderes Erheiterndes, dauerte es nicht lange, bis mein Vater in schallendes Gelächter ausbrach, wogegen von meiner Mutter höchstens ab und zu ein kurzes Lachen zu vernehmen war. Während mein Vater bereits lachen konnte, dass ihm die Tränen herunterliefen, war es durchaus möglich, dass meine Mutter bis dahin noch keine Miene verzogen hatte. Es war einfach nicht ihre Art, ihre Gefühle zu zeigen. Ganz zu schweigen davon, dass sie diese Art von Humor eher als albern empfand und erst gar nicht darüber lachen konnte.

Das Lachen meines Vaters klingt mir noch heute im Ohr wie eine wohltuende Melodie.

Im Gegensatz dazu dominierte Mamas Stimme meist bei Gesprächen jeglicher Art. Selten kam es vor, dass die Stimme meines Vaters bei Diskussionen länger zu hören war, schon gar nicht, wenn sich ein Streit anbahnte. So mancher Streit wurde im Keim erstickt, indem mein Vater gar nicht erst versuchte, den Argumenten meiner Mutter zu widersprechen.

Wie auch ihre eigene Mutter war sie nicht zimperlich. Sie war von klein auf gewohnt, hart zu arbeiten und auch mal beherzt zuzugreifen, wenn dies erforderlich war. Als kleines Mädchen hatte ich mich einmal an einem Bonbon verschluckt und begann, nach Luft zu schnappen. Meine Mutter erkannte die Lage sofort und ohne lange zu zögern, stellte sie mich kurzerhand auf den Kopf, klopfte mir auf den Rücken und das Bonbon kam in hohem Bogen heraus!

Spät am Abend holte mein Vater oft noch seine Geige aus dem Kasten, setzte sich ans Klavier oder an seine Heimorgel und übte. Mit Musik einzuschlafen, gehörte bei mir dazu und ist mir bis heute in schöner Erinnerung geblieben.

Als wir Kinder älter und selbstständiger wurden, begann meine Mutter, halbtags für einen Pharmaziekonzern zu arbeiten. Sie machte viele englische Übersetzungen. Nachmittags, wenn wir aus der Schule kamen, war sie wieder daheim. Sie hatte eine strikte Routine für ihre Hausarbeit, die sie tagtäglich einhielt. Jeden Tag wurde ein bestimmtes Zimmer geputzt, von Montag bis Samstag. Woche für Woche, Jahr für Jahr. Mit ihrem System konnte sie das Haus sauber halten und schaffte sich gleichzeitig Freiräume für andere Aktivitäten. Abweichungen von ihrem Schema duldete sie nur ungern und nur, wenn diese absolut nötig waren: zum Beispiel bei unabwendbaren Arztbesuchen oder anderen Terminen.

Mein großer Bruder verließ als Erster das Haus und studierte nach seinem Abitur Physik. Er ist heute verheiratet und hat zwei Kinder, ebenso wie Markus, mein »kleiner« Bruder. Sie wohnen beide in Großstädten, Thomas im Norden, Markus im Süden. Ich wohne mit meiner Familie sozusagen in der Mitte zwischen meinen Brüdern.

Eigentlich wollte ich nie von meinem Heimatort wegziehen. Dort fühlte ich mich wohl; ich war zufrieden. Das Bedürfnis, in die weite Welt hinauszuziehen und irgendwo in der Fremde neu anzufangen, verspürte ich nicht. Am liebsten wäre mir gewesen, wenn alles einfach so geblieben wäre, wie es war. Doch ausgerechnet ich sollte später um die halbe Erdkugel reisen und in den USA ein neues Leben anfangen.

Raus aus dem Alltag –
Urlaubsgeschichten

Wenn man mit nur einem Flügel fliegt

Meine Eltern hatten Urlaub auf dem Bauernhof im Allgäu gebucht, für uns drei Kinder ein herrliches Erlebnis. Wir hatten großen Spaß, wenn wir abends die Kühe mit von der Weide in den Stall treiben durften, und genossen es, in die uns unbekannte Welt der Bauern hineinzuschnuppern. Am meisten gefielen uns allen jedoch die Bergtouren. Meist fuhren wir mit einer Gondel hinauf und wanderten den Berg hinunter. Höhenangst war uns Kindern unbekannt, was meinen Eltern so manchen Schreck verursachte, wenn wir uns bis an den Abgrund vorwagten, um nach unten zu schauen.

Bei den Wanderungen ins Tal hinunter kam es häufig vor, dass wir Kuhweiden durchqueren mussten, welche mit Holzzäunen abgegrenzt waren. Meistens hatte man dazu ein Gatter zu öffnen, dem sich ein Minilabyrinth anschloss, um ein Entkommen der Kühe zu verhindern. Einmal kamen wir an ein Gattersystem, das man übersteigen musste, indem man eine kleine Holztreppe erst hinauf-, und auf der anderen Seite wieder hinunterkletterte. Über derartige Abwechslungen während der Wanderung freuten wir uns immer sehr. Wir hatten unseren Spaß daran, hintereinander über den Zaun zu klettern, wobei uns die friedlich grasenden Kühe neugierig zusahen. So auch auf dem Immenstädter Hausberg »Mittag«. Wir waren mit der Sesselbahn bis zur Mittelstation gefahren und von dort aus weiter bis zum Gipfel gewandert. Nach einer Verschnaufpause machten wir uns an den Abstieg ins Tal hinunter. Wir hatten strahlenden Sonnenschein, nicht ein Wölkchen war am tiefblauen Himmel zu sehen.

Dann waren wir an einem dieser besagten Kuhgatter angelangt. Wir kletterten nacheinander das Treppchen hoch und auf der anderen Seite wieder hinunter. Mein Vater kletterte als Letzter das Gatter hinauf, doch anstatt auch wieder hinunterzusteigen, blieb er oben stehen und verkündete lauthals: »Ich fliege jetzt mit einem Flügel herunter!« Mit diesen Worten sprang er los und flatterte dabei mit seinem rechten Arm, den er wie beim Hühnertanz zu einem Flügel abgeknickt hatte. Als er landete, bemerkten wir zuerst sein verdutztes Gesicht. Er stand im Gras und schaute an sich herunter. Da sahen wir, dass er mit beiden Füßen in einem frischen Kuhfladen stand. Wir bogen uns vor Lachen; noch lange danach musste er sich anhören: »Das passiert, wenn man nur mit einem Flügel fliegt!«

Die Kuhfladen waren übrigens beliebtes Sammelgut bei meiner Mutter. Kurz vor unserer Heimreise lief sie mit einer Plastiktüte über Kuhweiden, um die Fladen einzusammeln, wenn sie so richtig schön getrocknet waren. Gut verpackt nahm sie diese dann mit nach Hause und verwöhnte ihre Pflanzen im Garten mit diesem besonders nahrhaften Dünger. Das ging allerdings nicht ganz ohne den Spott ihrer Kinder vonstatten, wir hatten damals wenig Verständnis für diese Art des Gärtnerns und rümpften unsere Nasen.

Dudelsack und Schottenrock

Als ich zwölf Jahre alt war, nahm mich meine Mutter mit auf eine unvergessliche Reise in ihre Vergangenheit. Dorthin, wo sie einst als junge Frau im Alter von 19 Jahren zwei glückliche Jahre verbracht hatte: Schottland. Hier war sie zum ersten Mal in ihrem Leben wirklich auf eigenen Beinen gestanden und hatte für ihre beinahe unstillbare Neugier auf das neue Leben große Freiheit gehabt. Sie war selbstständig und doch nicht alleine gewesen, umgeben von einer Gastfamilie, von der sie herzlich aufgenommen worden war. Der Wohnsitz der Hochadelfamilie war ein ehemaliges Kloster, das zu einem prächtigen Herrensitz umgebaut worden war. Zur Pflege der prachtvollen Gärten waren drei Gärtner angestellt gewesen, welche unentwegt damit beschäftigt gewesen waren, die parkähnlichen Rasenflächen zu mähen, unzählige Rosen zu beschneiden und die Bäume und Sträucher zu stutzen. Ein großer Gemüsegarten hatte die Familie den ganzen Sommer über mit vielfältigem Gemüse und frischem Obst versorgt.

Meiner Mutter war die Aufgabe zugeteilt worden, sich um die sechsjährige Tochter des Hauses zu kümmern, wenn diese nicht in der Schule war. Ansonsten war sie in so manches Küchengeheimnis eingeweiht worden und hatte sich nach Lust und Laune im Garten betätigen dürfen.

Nach ihrer Rückkehr nach Deutschland war meine Mutter mit der schottischen Familie in gutem freundschaftlichem Kontakt geblieben. Nun nahm sie mich mit in eine für mich vollkommen neue Welt, die ich bisher nur von ihren Erzählungen gekannt hatte. Ihre Begeisterung für die Menschen, deren liebevoll gepflegten Häuser und Gärten sowie die Natur war ansteckend. Wir genossen zwei unbeschwerte Wochen miteinander. So glücklich wie bei unserem Besuch in Schottland habe ich Mama selten erlebt. Hier hatte sie ihr Herz gelassen, diesem rauen Land mit seinen liebenswerten Menschen gehörte ihre Liebe. Dort blühte sie auf; sie zeigte mir viele Stätten, die sie von früher kannte.

So fuhren wir einmal zu einer kleinen alten Kirche, welche für ihre besonders schönen Glasfenster bekannt war. Doch wir konnten die Tür nicht öffnen, sie schien fest verschlossen. Als wir unserer Gastgeberin davon erzählten, meinte sie: »Die Tür ist nie zugeschlossen, sie klemmt nur. Fahrt noch einmal hin und stemmt euch kräftig gegen die Tür, dann geht sie auf.« Gesagt, getan, am nächsten Tag fuhren wir wieder zu der Kirche. Ich nahm Anlauf und rannte auf die Tür zu, um diese mit voller Wucht aufzudrücken. Das dumme Gefühl werde ich nicht vergessen, als ich in hohem Bogen in die Kirche hineinflog, denn die Tür hatte überhaupt nicht geklemmt. Im Gegenteil, sie ließ sich auf einmal ganz leicht öffnen. Der Anblick, der sich meiner Mutter bot, musste wohl recht lustig gewesen sein, denn sie stand draußen und hielt sich vor Lachen die Seiten, als ich mich, etwas dämlich vorkommend, wieder aufrappelte.

Nachdem wir Tölpel und Papageientaucher an den grasbewachsenen Klippen vor der Küste Schottlands beobachtet hatten, wandten wir uns für ein paar Tage dem Stadtleben zu und besuchten Edinburgh. Dort fand gerade das jährliche große Edinburgh-Festival statt, dessen Höhepunkt das Edinburgh Military Tattoo ist, Schottlands größtes Musikfestival. Wir bestiegen den Berg zum Schloss und ergatterten noch zwei Tickets für die Abendvorstellung. Am beeindruckendsten war für uns, als die Militärkapellen sich formierten und gemeinsam mit beinahe 200 Dudelsackspielern und Trommlern über den Schlossplatz marschierten.

Lustig fand ich die Dudelsack spielenden Männer in ihren Schottenröcken, die uns in der Stadt auf Schritt und Tritt begegneten. Die Klänge der Dudelsäcke hatte ich noch im Ohr, als wir längst wieder in Stuttgart gelandet waren.

Mit Gipsfuß bis zum Gipfel

Wir hatten das Glück, in Garmisch-Partenkirchen Verwandte mit einem großen Haus zu haben. Die Tante meiner Mutter lebte dort mit ihrem Mann. In den Schulferien besuchten wir sie ab und zu, um ein paar Tage in den Bergen zu verbringen. So auch in den Herbstferien 1985, als wir die freien Tage zu einem Kurzurlaub bei Tante Luise nutzten. Mein Bruder Markus hatte unfreiwillig seine Ferien bereits zwei Wochen zuvor begonnen, weil er von einem Autofahrer angefahren worden war und sich dabei den Fuß gebrochen hatte. Mit dem Gips am Fuß konnte er zwar keine Bergtouren machen, wohl aber mit der Seilbahn bequem bis zur Bergstation auf den Osterfelderkopf schweben. Von dort aus hatten wir eigentlich die Alpspitze erklimmen wollen, was sich aber nun erübrigt hatte. Das Panorama um uns herum war trotzdem überwältigend. Die goldene Herbstsonne tauchte die Berge um uns herum in glänzendes Licht und brachte das bunte

Laub der Bäume in seinen schönsten Goldtönen zum Leuchten. Wir gingen ein Stück den Weg entlang, Markus humpelte mit seinem Gipsfuß hinterher. Plötzlich blieb meine Mutter wie angewurzelt stehen und starrte auf eine Familie, die uns in einiger Entfernung entgegenkam: »Das gibts doch nicht! Ist das nicht Herr Sauer?« Als Markus den Namen hörte, zuckte er zusammen und schaute ebenfalls zu besagter Familie: »Das ist er tatsächlich!« Herr Sauer war sein Mathelehrer. Meine Mutter raunte Markus zu: »Jetzt warst du zwei Wochen lang nicht in der Schule, wenn er dich hier oben mit deinem Gipsfuß sieht, wird er uns etwas erzählen. Am besten, du versteckst dich.« Doch uns wurde schnell klar, dass Markus sich in so kurzer Zeit dem Blickfeld seines herannahenden Mathelehrers nicht entziehen konnte. So entschieden wir uns für die Flucht nach vorn. Wir begrüßten ihn und seine Familie herzlich und konnten alle über diesen doch äußerst unwahrscheinlichen Zufall lachen, uns hier oben zu begegnen. Herr Sauer schien sich übrigens nicht besonders darüber zu wundern, dass Markus mit dem Gipsfuß ebenfalls auf dem Gipfel stand. Stattdessen erkundigte er sich freundlich nach dem

Hergang des Unfalls und wünschte ihm gute Besserung. Während er mit seiner Familie weiter zur Alpspitze wanderte, schwebten wir mit der Seilbahn wieder gemütlich ins Tal hinunter.

Wir sind alle blau – bei meiner Oma zu Besuch in Norddeutschland

In ganz besonderer Erinnerung sind mir unsere Besuche bei meiner Oma in Delmenhorst. Eine Fahrt aus dem Schwarzwald in den hohen Norden kam für uns Kinder einer halben Weltreise gleich. Zunächst fuhren wir im VW-Käfer meines Vaters dorthin. Wie meine Eltern es damals fertigbrachten, uns drei Kinder sowie Gepäck für zwei Wochen darin unterzubringen, ist mir heute schleierhaft, doch irgendwie schafften sie es immer. Das größere Problem war, dass die ohnehin schon lange Reise noch dadurch verlängert wurde, dass mein kleiner Bruder Markus schnell reisekrank wurde. Wir mussten deshalb in regelmäßigen Abständen anhalten, damit er frische Luft schnappen konnte. Wie wir uns damals die zehnstündige Autofahrt vertrieben, weiß ich heute nicht mehr; auf jeden Fall ohne iPod,

Nintendo oder Laptop. Ebenso wenig hatten wir in den Sitz eingebaute Bildschirme, um Filme anzuschauen.

Ich kann mich noch erinnern, dass die Straße zum Haus meiner Großeltern in den Siebzigerjahren nicht geteert war, vielmehr ähnelte sie einem Schotterweg. Für uns Kinder waren Ferien in Norddeutschland immer interessant. Wir tauchten in eine neue Welt: endlos flache Weiten, Ausflüge ans Meer, herrliche Radwege sowie Windmühlen und Leuchttürme kannten wir im Schwarzwald natürlich nicht.

Als ich älter wurde, fuhr ich in den Ferien manchmal mit dem Zug allein zu meiner Oma. An einen Besuch bei ihr kann ich mich besonders gut erinnern. Sie hatte außer mir noch Besuch von einer alten Freundin, die sie noch aus ihrer Heimat in Schlesien kannte. Für mich war sie einfach Oma Kügler. Oma Kügler war eine kleine Dame mit weißem lockigen Haar. Sie versprühte viel Lebensfreude und war stets zu einem Späßchen aufgelegt. Sie wohnte in der Lausitz, zu diesem Zeitpunkt noch in der damaligen DDR gelegen, hatte aber eine Ausreisegenehmigung bekommen. Wenn meine Oma und sie sich unterhielten, verfielen beide in ihren schlesischen Dialekt, den sie ansonsten kaum noch sprachen.

Wir hatten eine lange Fahrradtour gemacht und saßen nach einem guten Abendessen im Wohnzimmer meiner Oma und spielten Rommé. Während wir spielten, tranken wir ein Gläschen Rotwein dazu und wurden im Laufe des Abends immer lustiger. Oma meinte irgendwann: »Ist doch gut, dass wir noch lachen können, uns hat das Schicksal schwer mitgespielt. Unsere Männer haben uns schon lange verlassen, aber wer weiß, wenn sie noch da wären, hätten wir vielleicht nichts zu lachen!« Heiter spielten wir weiter, bis Oma etwas später feststellte: »Wir sind noch nicht blau!«, worauf ich erwiderte: »Doch, ich habe eine blaue Hose an.« Oma Kügler sah meine Oma an, die eine blaue Bluse trug: »Du schimmerst ja schon blau!«Darauf antwortete Oma schlagfertig: »Na, und du bist ganz blau!« (Oma Kügler hatte ein blaues Kleid an.) Wir lachten Tränen und hielten uns den Bauch vor Lachen.

Schade nur, dass solche Momente eher zu den Ausnahmen in unserem Leben gehören. Umso kostbarer sind sie, gleichwie wohltuende Medizin in unserem Alltag.

Mit Oma und Opa im Allgäu

Während einer meiner Heimatbesuche, als wir in den USA wohnten, hatten wir zwei Ferienwohnungen auf demselben Bauernhof gemietet, auf dem meine Eltern mit uns schon Urlaub gemacht hatten, als wir noch Kinder waren. Diesmal kamen wir in anderer Besetzung dort an: Oma und Opa sowie ich mit Melissa und Samuel. Die beiden Kinder waren zu diesem Zeitpunkt fünf und drei Jahre alt. Mein Mann hatte nicht so viel Urlaub und kam eine Woche später nachgereist; wir holten ihn am Bahnhof in Kempten ab, nachdem er von Oregon aus nach München geflogen und von dort mit der Bahn weitergereist war. Nun freute ich mich auf ein paar gemeinsame Tage und Wanderungen, die wir in längst vergangenen Tagen in meiner Kindheit schon einmal gemacht hatten. Doch daraus wurde nicht viel. Mein Vater hatte zu Hause bereits Bronchitis gehabt und von seinem Hausarzt ein Antibiotikum verschrieben bekommen. Er bekam daraufhin eine Allergie, welche durch die Sonne in den Bergen so verschlimmert wurde, dass er am ganzen Körper einen Ausschlag bekam, der fürchterlich juckte. So beschloss er, wieder heimzufahren, um dort nochmals zu seinem Arzt zu gehen.

Bevor er abreiste, fuhren wir alle zusammen nach Oberstdorf, um noch gemeinsam in einem Restaurant zu Mittag zu essen. Während wir auf das Essen warteten, stieß Samuel an sein Glas mit Orangensaft, welches daraufhin umkippte. Der Saft lief in einem Schwall über den Tisch und floss weiter über den Rand nach unten. Pech war nur, dass genau an dieser Stelle mein Vater saß, dem nun der Saft auf die Hose tropfte. Zunächst herrschte betretenes Schweigen am Tisch, welches zuerst von meiner Mutter unterbrochen wurde: »Kannst du nicht aufpassen, Samuel? Jetzt hat Opa eine nasse Hose, so kann er doch nicht herumlaufen!«

Mein Vater, der eigentlich Betroffene, sagte erst einmal nichts. Er griff zu seiner Serviette und tupfte sich so gut wie möglich ab. Dann meinte er: »Das trocknet schon wieder, und die Leute sind ja nicht

nach Oberstdorf gekommen, um meine Hose anzuschauen.«

Schweren Herzens verabschiedeten wir uns später von ihm, denn wir wussten, dass die Ferien im
Allgäu ohne ihn nicht halb so schön sein würden.

Ein Konzert mit Folgen

Während meiner Ausbildung zur Fremdsprachenkorrespondentin wurde ich von unserem Pfarrer
gebeten, bei dem Konzert eines amerikanischen
Kirchenchores zu übersetzen. Das war für unser
kleines Städtchen ein großes Ereignis: Ein Chor
aus den USA würde in unserer Klosterkirche singen! So etwas hatten wir noch nie erlebt. Bereits bei
der Begrüßung der weit gereisten Gäste herrschte
allgemeine freudige Aufregung. Das Konzert war
ein Ohrenschmaus für die zahlreichen Besucher.
Anschließend gab es für die Sänger und Gastgeber
ein gemeinsames Abendessen im Gemeindehaus.
Nun erlebten unsere amerikanischen Gäste eine
kulinarische Premiere: Maultaschen und Kartoffelsalat! Beim Essen kam ich mit einem jungen Mann,
Michael, ins Gespräch. Wir hatten uns bereits am
ersten Abend viel zu erzählen.

Michael erzählte mir, dass er die Reise eigentlich
hatte stornieren wollen. Kurz vor dem Abflug hatte
er eine Angina bekommen und war heiser geworden. Als stimmloser Sänger auf eine Konzertreise

zu gehen, hatte er eigentlich nicht gewollt. Da er so kurz vor dem Abflugtermin jedoch kein Geld mehr zurückerstattet bekommen hätte, hatte er sich entschlossen, dennoch die Reise anzutreten.

Anstatt bei den ersten Konzerten mitzusingen, saß er nun hinten am Verkaufstisch und verkaufte Kassetten. Im weiteren Verlauf der Tournee sollte er dann aber wieder mitsingen können.

Bei der Verabschiedung am nächsten Morgen begegneten wir uns noch einmal. Zwei große Busse warteten darauf, die Musiker zu ihrem nächsten Ziel, Straßburg, zu bringen. Michael und ich tauschten Adressen aus; aber als er mir erzählte, dass er seiner Mutter zweimal im Jahr schreiben würde, rechnete ich kaum mit einem Brief von ihm.

Doch es sollte anders kommen. Schon bald nach seiner Rückkehr in die USA begann ein reger Briefwechsel zwischen Michael und mir. Wir hatten uns seitenlang etwas zu sagen – und im Laufe eines Jahres hatten wir uns durch die Briefe kennen- und lieben gelernt. Michael war Mitglied einer großen Kirche in Fort Lauderdale, Florida. Als ich ein Jahr nach unserer ersten Begegnung meine Ausbildung zur Fremdsprachenkorrespondentin abgeschlossen hatte, flog ich für drei Monate nach Fort Lauderdale. Dort konnte ich für eine wohlhabende Familie »Housesitting« machen, während diese die heißesten drei Monate in kühlere Gefilde gereist waren.

Viele freundliche Menschen der Kirchengemeinde hießen mich willkommen, schon bald sang auch ich im großen Kirchenchor mit. Michael und ich hatten in dieser Zeit die Gelegenheit, uns persönlich besser kennenzulernen. Als ich nach drei Monaten wieder nach Hause flog, hatten wir keine Ahnung, ob und wie es mit uns gemeinsam weitergehen würde. Doch Michael wurde aktiv und setzte alle Hebel in Bewegung, um einen Umzug nach Deutschland vorzubereiten. Nachdem er Weihnachten 1990 mit unserer Familie verbracht und wir uns verlobt hatten, war es im Mai 1991 so weit: Michael verließ sein geliebtes Florida und kam nach Deutschland, das nicht nur klimabedingt wesentlich kühler ist. Mit zwei Koffern in der Hand und nur wenigen Brocken Deutschkenntnissen begann er sein neues Leben fern von der Heimat.

Als Tiefbauingenieur hatte er in der Aufbauphase von Ostdeutschland keine Schwierigkeiten, eine Stelle zu finden. Im Sommer 1991 fing er bei einem

Planungsbüro für Hoch- und Tiefbau in Stuttgart an. Dort wurde er zwar freundlich empfangen, doch es wurde ihm unmissverständlich mitgeteilt, dass die Umgangssprache Deutsch sei. Das erste Jahr war hart, aber Michael gab nicht auf und konnte sich schon bald recht gut auf Deutsch verständigen. Dass er dabei gleich schwäbelte, machte seinen leichten Akzent umso liebenswürdiger.

Wir begannen, Hochzeitspläne zu schmieden, und nach monatelangen Vorbereitungen saßen Michael und ich am Sonntag vor unserer Hochzeit im Gottesdienst. Unser Pfarrer machte die Ankündigungen für die kommende Woche. Gerade in dem Augenblick, in dem er unsere Trauung bekannt gab, geschah etwas Merkwürdiges: Ein Sonnenstrahl fiel durch die bunten Kirchenfenster, direkt auf uns beide, sodass wir genau während der Ankündigung unserer Hochzeit hell erleuchtet wurden. Wir nahmen dies als ein Zeichen der Bestätigung und Zusage Gottes, es war wie ein »Ja« von ihm für uns. Auch anderen Menschen im Gottesdienst war dies aufgefallen. Manche hatten sich zu uns umgedreht, während der Pfarrer unsere Hochzeit angekündigt hatte.

So heirateten wir im Sommer 1992 in meinem Heimatort. Wir gaben uns das Jawort in derselben Klosterkirche, in der unsere Begegnung ihren Anfang genommen hatte. Joachim, unser langjähriger Pfarrer und Freund, hatte den amerikanischen Chor damals an gleicher Stelle begrüßt und hielt nun unseren Traugottesdienst. Humorvoll machte er sich in seiner Predigt darüber Gedanken:

»Es ist heute ja fast nicht auszudenken, was denn wäre, wenn Kolumbus damals, vor 500 Jahren, wirklich Indien entdeckt hätte, wie er zunächst annahm, und nicht Amerika. Wenn er also dort angekommen wäre, wo der Pfeffer wächst, und nicht dort, wo sich seinen Blicken eine Landschaft darbot, ›die mit grün leuchtenden Bäumen bepflanzt und reich an Gewässern und allerhand Früchten war‹, wie der Entdecker am 12. Oktober 1492 in sein Tagebuch schrieb.

Michael, du bist an jenem 19. Juni 1989 mit deinem amerikanischen Chor hierhergekommen, weil euer Chorleiter alte Kirchen für seine Konzertreise in Deutschland ausgesucht hatte und so auch auf unsere Klosterkirche gestoßen ist. Er hat gesucht – und ihr habt euch gefunden. Ein Riesenaufgebot, wenn man so will. Und heute sieht es so aus, als ob das alles nur für euch zwei gewesen wäre…«

Wir hatten mit unserem Pfarrer ausgemacht, dass wir das Ehegelübde auf Englisch sagen würden. Dabei verhaspelte er sich ein wenig, als er Michael fragten wollte: »Will you take your wedded wife…«, und sagte stattdessen: »Will you take your wedded life«, womit er die anvertraute Ehefrau zum anvertrauten Leben machte. Doch seinen Versprecher fanden wir eigentlich recht passend; noch heute amüsieren wir uns darüber. Mein Vater spielte ein rauschendes Orgelnachspiel, während wir nach der Trauung aus der Kirche auszogen.

Seit unserer Hochzeit sind nun 20 Jahre vergangen; im Laufe der Jahre gesellten sich zu uns drei Kinder, zwei Katzen, zwei Hasen und ein Hund. Unsere erste Tochter wurde an einem frühen Sonntagnachmittag im September geboren – dem Geburtstag meines Vaters. Wir riefen ihn erst an, nachdem unser Baby geboren war: »Herzlichen Glückwunsch zum Geburtstag und alles Gute! Wir haben noch eine Überraschung für dich – du bist heute Opa geworden!« Wir hatten unseren Eltern nicht erzählt, dass bei mir die Wehen eingesetzt hatten und wir zum Krankenhaus gefahren waren. So war dies eine wirklich gelungene Überraschung zum Geburtstag meines Vaters. Die Freude war riesengroß, denn unsere kleine Melissa war das erste Enkelkind für meine Eltern.

Ein Jahr nach der Geburt unserer ersten Tochter zogen wir in die USA, wo wir zuerst zwei Jahre in Wisconsin und danach drei Jahre in Oregon lebten. Wenn man in Wisconsin kein Fan des Footballteams »Green Bay Packers« ist, sollte man dieses Desinteresse möglichst für sich behalten. Michael wurde bei seiner Amtseinführung als Stadtbaumeister im Rathaus des kleinen Städtchens Oconto sogar unmissverständlich nahegelegt, dass er sich besser als begeisterter Anhänger besagten Teams zeigen sollte. Ihm fiel das nicht weiter schwer, da die Packers tatsächlich sein Lieblingsteam sind. Ich konnte mich in all den Jahren in den USA nicht wirklich mit diesem Sport anfreunden. Mir fehlt bis heute das Verständnis dafür, warum sich alle aufeinanderstürzen, nur um dieses lederne Ei zu fangen.

In Wisconsin wurde – auch an einem Sonntag – unser Sohn geboren. Als ich zu Hause bei meinen

Eltern anrief, um ihnen die frohe Botschaft zu verkünden, war meine Mutter am Apparat. Bevor ich etwas sagen konnte, krähte Baby Samuel los. Ich fragte meine Mutter: »Hörst du das?«, und bekam zur Antwort: »Konntest du nicht warten?« Damit spielte sie darauf an, dass mein Vater drei Tage später zu uns fliegen würde, um mir mit Kindern und Haushalt zu helfen. Samuel war eine Woche vor seinem errechneten Geburtstermin zur Welt gekommen. Mein Vater hatte seinen Flug so gebucht, dass er eigentlich ein paar Tage vor der Geburt bei uns gewesen wäre sowie noch zwei Wochen danach. Wir hatten uns überlegt, dass es so am besten wäre, weil Melissa dann Zeit gehabt hätte, sich noch ohne Baby an Opa zu gewöhnen. Immerhin waren zehn Monate vergangen, seit sie ihn das letzte Mal gesehen hatte. Das ist eine lange Zeit, wenn man gerade zwei Jahre alt geworden ist. Doch auch für uns galt der Spruch: »Der Mensch denkt, und Gott lenkt.«

Samuel kam nun also drei Tage vor Opas Ankunft zur Welt. Zwei Tage nach der Geburt durfte ich mit ihm heim. Michael holte uns zwar vom Krankenhaus ab, drehte aber zu Hause auf dem

Absatz um und ging ins Büro. Er hatte schon die beiden Tage freigenommen, um sich um Melissa zu kümmern, und bekam nicht noch mehr Urlaub. Als Stadtbaumeister fand er bei seinen Vorgesetzten wenig Verständnis dafür, eine längere Auszeit als diese für seine Familie zu nehmen. Da saß ich also, allein mit Melissa und unserem neugeborenen Baby, fernab von jeglicher Verwandtschaft oder guten Freunden. Wäre mein Vater am nächsten Tag nicht gekommen, wäre ich sicher der Verzweiflung nahe gewesen und hätte das Pflichtbewusstsein meines Mannes seinem Chef gegenüber nicht so einfach hingenommen.

Doch mein Vater kam; wie ein Engel kam er angeflogen, nahm die weite Reise von Stuttgart über Amsterdam und Chicago bis nach Green Bay auf sich, obwohl er kaum Englisch spricht. Michael holte ihn in Green Bay am Flughafen ab. Als bei uns die Haustür aufging und mein Vater hereinkam, empfing ich ihn mit Baby Samuel auf meinen Armen und wusste: »Jetzt ist alles gut.«

Er spielte mit Melissa, bereitete die Mahlzeiten vor und strahlte eine Ruhe und Liebe aus, dass es einfach nur gut tat. Ihn zu dieser Zeit bei uns zu haben, war Balsam für meine Seele. Im Nachhinein hätte das Timing von Samuels Geburt und dem Besuch meines Vaters nicht besser sein können. Vor der Geburt hätte ich ihn nicht so gebraucht wie danach; so war ich dankbar für jeden Tag, den er dann noch bei uns war.

Nach zwei Jahren in Wisconsin wurde Michael von einem Tag auf den anderen gefeuert. In den USA kein ungewöhnliches Vorgehen. Man muss sich dafür nicht einmal etwas zuschulden kommen lassen. Michaels »Vergehen« in diesem Fall war, dass er sich geweigert hatte, einem korrupten Plan des Gemeinderates Folge zu leisten. Nun war er den Herren der Stadtgemeinde ein Dorn im Auge, dem sie Abhilfe schafften, indem sie ihn aus ihrer kleinbürgerlichen, unehrlichen Rathauswelt entfernten.

Mithilfe eines »Headhunters« fand Michael eine neue Stelle bei einer Firma in Portland, Oregon. Der Unterschied zwischen dem hinterwäldlerischen Städtchen in Wisconsin und der Hightechstadt Portland hätte nicht größer sein können. Wir fühlten uns wohl und fanden ein schönes Haus. Tagesausflüge unternahmen wir in die Berge oder ans Meer, beides war möglich.

Dort war es dann auch so weit, dass wir auf den Hund kamen. Schon lange war mir mein Mann in den Ohren gelegen, dass er einen Hund haben wollte.

Nachdem er wochenlang die Kleinanzeigen in der Zeitung studiert hatte, fragte er mich eines Tages: »Was hältst du davon, wenn wir uns diese Dalmatinerwelpen anschauen?«, und hielt mir ein süßes Bild mit Dalmatinerwelpen unter meine Nase. »Also gut«, hörte ich mich seufzen, »aber nur mal anschauen!« An einem Karfreitag, der in Amerika ein gewöhnlicher Arbeitstag ist, fuhren wir mit Melissa und Samuel nach Salem, eine Autostunde von Portland entfernt. Als wir wieder heimfuhren, hatte Melissa einen kleinen Dalmatinerwelpen auf ihrem Schoß. Sie gab ihm den Namen »Isabella«.

Seitdem lebt Isabella bei uns – aus dem kleinen, damals noch fleckenlosen weißen Welpen ist eine feine Hundedame geworden. Die schwarzen Punkte kamen in den ersten Wochen nach und nach zum Vorschein.

Während der fünf Jahre, die wir in den USA lebten, besuchten meine Eltern uns mindestens einmal im Jahr, teilweise beide zusammen, ab und zu auch alleine. Einmal kam meine Mutter sogar mit meiner Oma angeflogen.

Meine Mutter liebte es, ihre Englischkenntnisse auffrischen zu können, wenn sie uns besuchte. In ihrem Ruhestand hatte sie damit begonnen, Patchworkdecken zu nähen. Bei ihren Besuchen in den USA deckte sie sich jedes Mal reichlich mit neuen Stoffen ein, die dort nur etwa ein Drittel von dem kosten, was man in Deutschland dafür bezahlt.

Mein Vater spricht zwar wenig Englisch, doch er fand schnell Kontakt über eine andere Sprache: die der Musik. Wenn er uns besuchte, brachte er seine Geige mit und verstand sich bestens mit den anderen Musikern unserer Kirchengemeinde – ganz ohne Worte. Wenn er mit ihnen gemeinsam im Streichquartett spielte, ermöglichte die Sprache der Musik eine wohlklingende Harmonie unter ihnen.

In den Genuss, Oma und Opa dauerhaft in der Nähe zu haben, sind wir nie gekommen. Nie konnten wir sie anrufen, ob sie kurzfristig vorbeikommen würden. Was für viele andere selbstverständlich ist, ist für uns schon immer ein Luxus gewesen. Oma und Opa waren sozusagen für uns »Luxusgut«, etwas Kostbares, das uns nicht tagtäglich zur

Verfügung stand. Umso wertvoller waren für mich die Tage, die wir zusammen verbrachten.

Besonders schmerzlich vermisste ich meine Eltern, als wir in den USA lebten. Nur aus der Entfernung bekamen sie die Entwicklung ihrer Enkelkinder mit; Melissa und Samuel kannten sie größtenteils nur aus unseren Erzählungen. Auch Michaels Eltern lebten mehrere Flugstunden von uns entfernt, sodass unsere Kinder ihre anderen Großeltern auch nicht öfter als einmal im Jahr sahen.

In Portland fanden wir Anschluss an eine große Kirchengemeinde mit beinahe tausend Mitgliedern. Ich sang im Kirchenchor mit, was bedeutete, dass ich jeden Sonntag mit dem Chor im Gottesdienst im Einsatz war. Es ist in den USA eigentlich ganz selbstverständlich, dass der Chor jeden Gottesdienst musikalisch mitgestaltet (im Gegensatz zum Kirchenchor meines Vaters, der, wie es für viele deutsche Kirchenchöre üblich ist, nur an besonderen Festtagen wie Weihnachten und Ostern singt).

Melissa und Samuel waren inzwischen zwei und vier Jahre alt und ich verspürte immer mehr den Wunsch, für die beiden Ersatzgroßeltern zu finden, die sich ab und zu mit ihnen beschäftigen würden.

Doch wen sollte ich fragen? Wir kannten zu dieser Zeit noch nicht so viele Leute. Ich überlegte, ob wir unseren Pfarrer darauf ansprechen sollten. Bestimmt gab es auch einige Omas und Opas in unserer Nähe, deren eigene Familien weit weg wohnten. Ich begann, dafür zu beten, dass Gott uns eine liebe Oma schicken würde, die wir sozusagen »adoptieren« könnten. Wieder einmal wurde ich damit überrascht, was Gott sich auf mein Bitten hin einfallen ließ und wie er mein Gebet beantwortete. Ganz bestimmt hatte er auch dies schon längst für uns geplant.

Nach einem Gottesdienst beim üblichen Kaffeetrinken im Gemeindesaal sprach mich auf einmal eine ältere Dame an. Marty kannte ich flüchtig aus dem Chor, da sie und ihr Mann Don dort auch sangen. Nun stand sie vor mir und sagte etwas schüchtern: »Ich mag Kinder so gerne und meine eigenen Enkelkinder wohnen weit weg in Colorado. Könntest du dir vorstellen, dass ich ab und zu mit deinen Kindern spiele?« Ich muss sie wohl recht erstaunt angeblickt haben. Sie konnte ja nicht ahnen, dass sie die Antwort auf mein Gebet war: die Ersatzoma, die ich mir so sehr gewünscht hatte! Und einen Opa bekamen wir gleich noch dazu, denn auch ihr Mann ist sehr kinderlieb, wie es sich schnell herausstellte.

Dieses Gespräch war der Anfang einer tiefen Freundschaft mit diesem lieben Ehepaar, das uns wie ihre eigene Familie annahm. Eine Oma und einen Opa hatte ich erbeten – doch mit Marty und Don bekamen wir noch viel mehr: Freunde, Ratgeber, Mutmacher und Glaubensgeschwister. Für unsere Kinder hätten wir uns keine besseren Ersatzgroßeltern wünschen können. Liebevoll und mit viel Geduld beschäftigten sie sich mit ihnen; sie spielten und bastelten mit ihnen oder machten Ausflüge in den Zoo und ins Museum.

Noch heute sind wir in gutem Kontakt mit Marty und Don. Sie stehen uns zur Seite, egal, in welcher Situation wir uns befinden, bedingungslos und zu jeder Zeit.

Seit mehr als zehn Jahren leben wir jetzt wieder in Deutschland. Zu dritt waren wir in die USA aufgebrochen, zu viert kamen wir zurück. Ein kleiner Junge hatte sich zu unserer Familie dazugesellt. Inzwischen haben wir ein weiteres Mädchen bekommen, unsere kleine Stephanie.

Oma fliegt nach Amerika

Schon bevor meine Mutter und meine Oma ihre lange Reise zu uns in die USA antraten, warf ihr Besuch seine Schatten voraus. Allerdings waren es Misstöne, die zu mir drangen: Während eines Telefongesprächs verlieh meine Mutter ihrem Ärger Ausdruck.

Die Reise zu uns war für meine Oma die erste Flugreise ihres beinahe 90-jährigen Lebens. Das Flugticket sollte ein Geschenk ihrer drei Kinder an sie zu ihrem 90. Geburtstag sein. So jedenfalls hatten es meine Mutter und ihre beiden Brüder miteinander abgesprochen:

Jeder sollte ein Drittel des Flugpreises bezahlen, sodass sie alle drei den gleichen Anteil übernehmen würden.

Meine Mutter hatte den Flug gebucht und würde meine Oma zu uns begleiten. Sie hatte erst einmal den vollen Preis für Omas Flugticket vorgestreckt. Diese an sich tolle Idee der drei Geschwister endete aber in einem Fiasko, wie sich aus dem erbosten Anruf meiner Mutter heraushören ließ:

»Konrad und Hansgeorg haben ihren Anteil inzwischen an mich überwiesen.« »Das ist doch prima«, freute ich mich für sie. Doch meine Mutter war darüber überhaupt nicht erfreut:

»Jetzt hat doch Hansgeorg einfach mehr als seinen Anteil überwiesen. Er meinte, dass ich Mutti auf dem Hals hätte und sie ja meine Nerven koste und nicht seine. Und stell dir vor, Oma hat meinen Anteil am Flugticket auf mein Konto eingezahlt, weil sie es von mir nicht als Geschenk annehmen will!«

Ich musste am Telefon beinahe lachen, doch meiner Mutter war ganz und gar nicht nach Lachen zumute, das war mir auch klar. So versuchte ich, sie zu beschwichtigen, indem ich ihr vorschlug, es doch einfach dabei bewenden zu lassen und sich nicht weiter darüber aufzuregen. Für den Augenblick mochte das meiner Mutter gelingen, doch dass dieser Zwist noch lange an ihr nagte, sollten wir bei ihrem Besuch bald hautnah erleben.

Ich war mit Samuel im sechsten Monat schwanger, als es endlich so weit war und ich in Green Bay am Flughafen stand, um meine Mutter und Oma abzuholen. Auf diesen Augenblick hatte ich mich wochenlang gefreut. Ich stand direkt dort, wo die beiden aus dem Flugzeug herauskamen. (Das war zu dieser Zeit in den USA noch möglich.) Zuerst erschien Oma, sie hatte den ersten Flug ihres Lebens nach vierzehn Stunden mit Bravour überstanden. Nun hatte sie es offensichtlich eilig, wieder festen Boden unter ihre Füße zu bekommen. Atemlos hörte ich sie keuchen: »Ist ziemlich anstrengend, aus so einem Flugzeug rauszukommen!«, worauf die Stimme meiner Mutter hinter ihr amüsiert ertönte:

»Warum rennst du denn so? Du hast es ja ganz schön eilig!«

Mit diesen Worten lagen wir uns nach mehr als fünf Monaten in den Armen.

Die nächsten zwei Wochen wurden interessant und anstrengend für uns alle. Unsere Tochter Melissa, knapp zwei Jahre alt, war ein aktives, lebhaftes Kleinkind, das noch keinen Sinn fürs Aufräumen entwickelt hatte. Aufgrund meiner Schwangerschaft war ich nicht mehr ganz so beweglich und musste mich außerdem schonen. Das hatte zur Folge, dass bei uns nie wirklich alles aufgeräumt war. Täglich ließen sowohl meine Mutter als auch meine Oma mich ihr Unverständnis dafür spüren, indem indirekte Bemerkungen fielen wie: »Bei Betty sieht es ja so schön und sauber aus…« Betty war eine alte alleinstehende Dame, die wir zusammen im Ort besucht hatten.

Oma war die ersten Tage beeindruckt von den USA – sie staunte über vieles, vor allem darüber, dass so manches einfach größer als in Deutschland ist: die Supermärkte, Bäume und manche Vögel, die abgepackten Schinken und die vier Liter fassenden Milchkartons. Auch die Weite des Landes und großen Entfernungen bis zum nächsten Ort waren für sie ein Erlebnis.

Aber nicht nur für meine Oma war der Besuch in den USA ein besonderes Ereignis, auch in unserem kleinen Städtchen in Wisconsin sorgte ihr Besuch für Aufregung. Für die lokale Presse war dies ein so außergewöhnliches Ereignis, dass eine Reporterin kam, um ein Interview mit uns zu machen. Zwei Tage später erschien in der Lokalzeitung ein großes Bild von Oma mit Melissa auf dem Schoß. Fasziniert berichtete die Reporterin in ihrem Artikel von Omas Besuch aus Deutschland bei uns in den USA.

Bei der alljährlich stattfindenden Parade durch den Ort durfte Oma als Ehrengast neben dem Bürgermeister im offenen roten Cabrio mitfahren, auf dem eine große Banderole geklebt war: »Oma aus Deutschland besucht zum 90. Geburtstag Amerika«.

Oma bereitete es großes Vergnügen, eine so späte Ehrung in ihrem Leben zu erhalten. Sie machte diesen Spaß gerne mit, ganz im Gegensatz zu meiner Mutter. Das Angebot des Bürgermeisters, ebenfalls im Auto mitzufahren, hatte sie dankend zurückgewiesen, weil es ihr zu peinlich gewesen wäre.

Sonntags darauf saßen wir auf unserer Terrasse und unterhielten uns über Omas erste Flugreise. Mit ihren 90 Jahren hatte sie die Einstellung, dass es nun egal sei, wenn sie abstürzen würde.

Das Verhältnis zwischen ihr und meiner Mutter war nicht gerade das beste. Ein liebevolles Elternhaus, wie mein Vater es gehabt hatte, hatte meine Mutter nie kennengelernt. Ihre Erziehung war von Strenge geprägt gewesen, noch dazu war ihr Vater für sie wie ein fremder Mann nach jahrelangem Kriegsdienst und anschließender Gefangenschaft nach Hause zurückgekehrt. So saßen wir nun am Kaffeetisch auf der Terrasse. Ein leichtes Lüftchen bewegte die von der heißen Sommersonne erfüllte Luft. Um uns herum spendeten große Linden

Schatten, ein paar Vögel trällerten trotz Hitze ihre Liedchen. Unsere kleine Tochter machte gerade ihren Mittagsschlaf. Wir genossen die Ruhe und entspannten uns, als plötzlich der Postbote mit einem großen Paket beladen zu uns auf die Terrasse kam.

»Was mag das wohl sein, ich habe doch gar nichts bestellt?«, fragte ich ihn verwundert. Natürlich konnte er es mir auch nicht sagen, hatte aber bereits am Absender gesehen, dass das Paket aus Deutschland kam.

Als ich näher hinschaute, sah ich, dass meine eigene Oma, die gerade neben mir am Kaffeetisch saß, die Absenderin war!

Oma war es sichtlich unwohl in ihrer Haut.

Meine Mutter war nun auch neugierig geworden und beobachtete mich dabei, als ich das Paket auspackte. Heraus kamen zwei alte Federbetten sowie ein Set lindgrüne Bettwäsche, jeweils zwei Decken- und Kopfkissenbezüge. Als ich fragend meine Oma anblickte, meinte sie: »Ich dachte, ihr könntet es gebrauchen, und in den Koffer passten die Bettsachen nicht hinein. So habe ich sie eben in die Kiste gepackt und an euch geschickt.«

Oma hatte sich überlegt, dass es bestimmt sechs Wochen dauern würde, bis ihre Post bei uns ankommen würde, und sie bis dahin wieder zu Hause wäre. Meiner Mutter hatte sie nichts davon erzählt, weil sie befürchtet hatte, bei ihr auf Unverständnis zu stoßen.

Nun musste dieses Paket ausgerechnet dann ankommen, als wir alle zusammensaßen!

Das befürchtete Unverständnis blieb tatsächlich nicht aus, sondern kam in geballter Form aus meiner Mutter heraus. Sie fühlte sich übergangen und konnte nicht nachvollziehen, dass Oma ihre alten Federbetten an uns geschickt hatte.

Unser gemütliches Kaffeetrinken nahm somit eine unangenehme Wende.

Viel wollte meine Oma nach diesem Vorfall nicht mehr unternehmen. Als sie eine Woche später wieder gut zu Hause gelandet war, meinte sie, dass ihre Energie wohl in Amerika geblieben war. Somit war ihr erster Flug auch der letzte in ihrem Leben.

Nur eines konnte sie sich nicht verkneifen, als sie mich das nächste Mal anrief und ich ihr erzählte, dass wir am Abend Besuch erwarten würden: »Na, da musst du aber erst einmal aufräumen!«

Schlesische Klöße und
schwäbischer Kartoffelsalat

Neulich öffnete ich den Küchenschrank, um ein Glas herauszuholen. Bevor ich jedoch dazu kam, fiel mir eine Tasse entgegen, die mit lautem Knall auf dem Küchenboden in tausend Stücke zerbrach. Ausgerechnet meine Lieblingstasse mit dem hübschen Blumenmuster und einem Bibelvers: »Der Herr denkt an uns und segnet uns« (Psalm 115,12).

»Jetzt habe ich im wahrsten Sinne des Wortes nicht mehr alle Tassen im Schrank«, dachte ich bei mir und musste schmunzeln. Ich begann, über die Bedeutung dieser Redewendung nachzudenken, und erinnerte mich daran, wie meine Mutter mich einmal fragte, ob ich noch alle Tassen im Schrank hätte. In Gedanken war ich wieder Kind, zu Hause in unserem tief verschneiten Garten mitten im Winter.

»Sag mal, hast du eigentlich noch alle Tassen im Schrank?!« Ich hielt bei meiner Arbeit inne und schaute vom Garten hoch zum Balkon. Dort stand meine Mutter und beobachtete belustigt mein Treiben im Schnee. »Warum?!«, rief ich zurück, »es macht so Spaß!« Seit zwei Stunden grub ich mich schon wie ein Maulwurf durch den tief verschneiten Garten. Mit meinen zwölf Jahren damals konnte ich draußen im Schnee alles um mich herum vergessen. Die Winter im Schwarzwald waren in meiner Kindheit gewöhnlich sehr schneereich. Wie ein kleines Kind buddelte ich voller Freude in unserem tief verschneiten Garten herum und schaufelte mir Gänge durch den Schnee.

An diese Schneemassen im Schwarzwald hatte meine Mutter sich erst gewöhnen müssen. Während ich damit aufwuchs und die Winter nicht anders kannte, staunte meine Mutter nach ihrem Umzug aus Norddeutschland nicht schlecht, als sie dann ihren ersten Winter in ihrer neuen Heimat erlebte.

Sie muss sich anfänglich überhaupt so manches Mal gewundert haben. Schnell lernte sie, dass bei den Schwaben nicht *-chen* und *-lein* alle Dinge klein machen, sondern das kleine Anhängsel *-le*.

In der Weihnachtszeit wurden ihr *Brötle* angeboten, woraufhin sie sich fragte, ob man hier besonders kleine Brötchen backte. Sie wurde aber schnell darüber aufgeklärt, dass damit Kekse oder Plätzchen gemeint sind. Die ihr bisher bekannten Brötchen wurden zu *Weckle*, Johannisbeeren zu *Träuble*. *Spätzle* waren nicht etwa kleine Vogelspatzen, wie man meinen sollte, sondern eine ihr bis dahin unbekannte Teigware, ebenso wie die *Knöpfle*, die auch als Nudeln verspeist wurden und nicht als kleine Knöpfe Jacken und Blusen verzierten.

Als sie von ihrer Nachbarin ein selbst gemachtes *Erdbeergsälz* geschenkt bekam, beäugte sie etwas misstrauisch das Glas und fragte sich, ob dies eine Spezialität der Region war und ob man hier wohl Erdbeeren mit Salz verfeinerte. Als sie vorsichtig davon kostete, stellte sie erleichtert fest, dass es sich um ganz gewöhnliche Erdbeermarmelade handelte.

Etwas länger brauchte sie, um sich mit dem System der Uhrzeit vertraut zu machen. *Virdlzwoi* war 13.15 Uhr und nicht etwa Viertel vor zwei, wie sie anfänglich vermutete. Denn dazu sagt der Schwabe *dreivirdlzwoi*.

Als ihrer Kollegin der *Fuaß* wehtat, staunte meine Mutter nicht schlecht, dass damit nicht nur der eigentliche Fuß gemeint sein konnte, sondern auch das komplette Bein, von den Zehen bis zum Oberschenkel.

Warum die Butter bei den Schwaben *der* Butter heißt, blieb ihr ein ungelöstes Rätsel. Sie war nun mal eine *Raigschmeggte*, also eine Zugereiste, und versuchte erst gar nicht, den schwäbischen Dialekt zu sprechen. Das bedeutete für uns Kinder, dass wir sozusagen zweisprachig aufwuchsen: zu Hause sprachen wir hochdeutsch, in der Schule aber fließend schwäbisch.

Auch kamen wir in den Genuss eines abwechslungsreichen, vielfältigen Speiseplans: gespickt mit schlesischen Spezialitäten, verfeinert mit nordfriesischen Gerichten und abgerundet mit schwäbischen Köstlichkeiten.

Meine Mutter war mit der schlesischen Küche ihrer Mutter groß geworden, kombiniert mit den Essgewohnheiten der Nordfriesen, welche sie dann mit so manchen schwäbischen Spezialitäten ergänzte.

Besonders gern mochten wir den schlesischen Streuselkuchen mit Mohnfüllung, aber auch ihr Käsekuchen und ihre Hefeklöße mit Heidelbeerkompott waren lecker.

Bei dem Gedanken an ihre schlesischen Kartoffelklöße und Rinderrouladen mit Rotkohl läuft mir noch heute das Wasser im Munde zusammen. Gab es Heringssalat, Bries oder Ochsenzunge, hielten wir Kinder uns aber bescheiden zurück.

Jedes Jahr machte meine Mutter zu Heiligabend einen Karpfen, dazu Kartoffeln und Schwarzwurzeln. Dieses Festessen war eine Tradition, worauf wir uns das ganze Jahr freuten.

Von der schwäbischen Küche übernahm meine Mutter Maultaschen, Linsen und Spätzle sowie ab und zu eine Flädlesuppe. Grünkohl und Pinkel aus Norddeutschland setzte sie uns nicht oft vor, denn als Kinder beäugten wir das Grünzeug sehr skeptisch und machten uns über den Namen der Würste lustig. Jahre später habe ich dieses Gericht jedoch lieben gelernt und versuche nun, es auch meinem Mann und meinen Kindern schmackhaft zu machen.

Den schwäbischen Kartoffelsalat nahm meine Mutter so gut wie nicht in ihr Repertoire auf, sie bevorzugte ein Rezept aus ihrer schlesischen Heimat. So kam unsere Kindheit einer kulinarischen Europareise gleich, und meiner Mutter ging im Laufe der Jahre so manches Licht im *Ländle* der Schwaben auf und sie hörte auf, sich zu wundern.

Ich habe inzwischen übrigens wieder alle Tassen in meinem Schrank. Die entstandene Lücke wurde mit einer neuen Tasse gefüllt. Auf den ersten Blick sieht sie genauso aus wie die alte, und doch ist sie ein bisschen anders. Die Blumen darauf sind die gleichen, der Rand ist rot statt blau, und der aufgedruckte Bibelvers lautet jetzt: »Gott ist mit uns« (Matthäus 28,20).

Ein bisschen anders, doch genauso gut.

Aus demselben Holz geschnitzt

Mein Vater verbringt viel Zeit in seiner Werkstatt, seinem Reich, aus welchem im Laufe der Jahre viele Kostbarkeiten hervorgegangen sind. Dort baut er Geigen, Bratschen und auch ab und zu ein Cello. In unzähligen Stunden und mühevoller Kleinarbeit versteht er es, aus rohen Hölzern wunderbare Instrumente entstehen zu lassen. Unter seinen sorgfältigen Händen entstehen wahre Wunderwerke, die er im Rohzustand kritisch prüft und bei Bedarf nachhobelt und nachschnitzt, um einen perfekten Klang aus dem Instrument herauszuholen, bevor er dieses in wunderbare glänzende Lackschichten hüllt. Der Geigenbau ist für ihn zu einem Hobby geworden, das er sich in jahrelanger Kleinarbeit angeeignet hat – teils aus Büchern, teils durch »Über-die-Schulter-Schauen« bei den Geigenbaumeistern in Mittenwald.

Aus der Werkstatt meines Vaters ist auch schon so manche Meistergeige hervorgegangen, seine Kundschaft reicht bis nach Amerika. Einen großen Wunsch, den er schon lange hegte, war es, ein Instrumentenquartett aus ein und demselben Baumstamm zu bauen. Die Streichquartettfamilie sollte im wahrsten Sinne des Wortes aus demselben Holz geschnitzt sein: zwei Geigen, eine Bratsche und ein Cello. Dafür verwendete er besonders hochwertige Materialien. Der Stamm eines bosnischen Ahornbaumes wurde so aufgeteilt, dass alle Böden, Zargen, Hälse und Schnecken der Instrumente daraus gefertigt werden konnten. Die Decken der Streichinstrumente wurden aus Fichtenholz hergestellt, welches viele Jahre lang abgelagert worden war. Für die Herstellung der Wirbel und Griffbretter verwendete mein Vater Ebenholz. Er lackierte alle Instrumente von Hand mit Öllack. Optisch heben sich die vier Instrumente durch besonders feine Einlegearbeiten hervor, die sogenannten Intarsien, die wie kleine Schnitzereien die Instrumente verzieren.

Vom Zeitpunkt des Holzkaufes bei einem Fachhändler in Mittenwald bis zur endgültigen Fertigstellung der Instrumentenfamilie vergingen zweieinhalb Jahre. Es war ein großes Vorhaben, welches mein Vater mit viel Geduld und Liebe zum Detail bis zur Vollendung ausführte. Sehr zugute kam ihm dabei, dass er alle Instrumente selbst spielen kann und sie so auch gleich klanglich ausprobieren konnte.

Ein professionelles Streicherensemble aus Köln gab auf seinen neu gebauten Instrumenten ein Konzert vor großem Publikum. Den gebührenden Respekt für sein Werk wurde ihm gezollt, indem das Konzert im Rundfunk ausgestrahlt wurde und er in einem Interview den Hörern von seinem außergewöhnlichen und seltenen Quartett erzählen konnte.

Im übertragenen Sinne sind es in unserer Familie mein Vater und ich, die sozusagen aus demselben Holz geschnitzt sind (wobei ich ihm bei Weitem nicht das Wasser reichen kann). Als Kind lernte auch ich Geige zu spielen, erhielt aber von meinem Onkel Werner Unterricht, im Gegenzug dazu erteilte mein Vater Werners Sohn Geigenunterricht. Mit 16 Jahren war ich so weit, dass ich ins Orchester meines Vaters aufgenommen wurde. Die Musiker waren mir alle bekannt, da ich von klein auf bei Konzerten und Ausflügen dabei gewesen war. Bei meinem Eintritt ins *Collegium Musicum Oberndorf* lag das Durchschnittsalter der Orchestermitglieder bei 50 Jahren; außer mir gab es nur eine Mitspielerin, die wie ich noch zur Schule ging. Doch das machte mir nichts aus, denn im Orchester meines Vaters mitspielen zu können, machte mir große Freude und die zwei Stunden Probe jeden Donnerstagabend waren mir eine willkommene Abwechslung zum Schulstress. Es gab viel zu lachen, und ich begann, Zitate von Aussprüchen, die im Laufe der Zeit während der Proben fielen, zu sammeln. Aus der Abkürzung für *Collegium Musicum Oberndorf* – CMO – wurde das »Chaotische Musik-Ohsomble«.

Herr E., der Dirigent, hatte einen etwas trockenen Humor und merkte meistens selbst nicht, wie witzig er dabei sein konnte, vor allem, wenn dann noch eine entsprechende Antwort eines Musikers kam:

E.: »Früher wäre ich gehässig gewesen und hätte gesagt: Sie spielen wie ein Schulorchester«, worauf unser Cellist Herr S. verschmitzt meint: »Heute wäre das ein Lob!«

Bei Werner und Reinhard fallen die Noten vom Pult herunter. Herr E. witzelt: »Seid froh, dass sie nicht nach oben gefallen sind, sonst müsstet ihr jetzt hochsteigen!« Worauf wiederum Herr S. nicht um eine Antwort verlegen ist: »Da müsste man ja jedes Mal eine Bockleiter mitbringen!«

Und als wir ein Stück von Farkas proben, meint Herr E. zu wissen: »Da hat er extra den ganzen Takt auf einen Bogen genommen, sodass wir gar keine Gelegenheit haben, lauter zu werden.« Herr S. widerspricht: »Hot der a Ahnung!«

Herr E. spielt selbst kein Streichinstrument. Als er die Streicher fragt: »Wie macht man das, dass es beim lauten Spielen kein Kratzen gibt?«, ist es wieder einmal Herr S., der die Antwort parat hat: »Laut dazu schnaufen!«

Während wir an einem Stück proben, das uns ziemlich herausfordert, gibt uns Herr E. einen Wink mit dem Zaunpfahl: »Wenn ich übe, mache ich manches zehn- bis zwanzigmal durch.« Unsere Bratschistin Frau A. erwidert trocken: »Ich übe anders!«

Herr E. bricht mitten im Stück ab, weil wir nicht mehr zusammen sind. Frau A. ruft: »Da steht doch piano, ihr spielt alle viel zu laut!« Herr E. fragt: »Wo denn?« Frau A.: »Takt 15!« Sie muss sich von Herrn E. belehren lassen: »Da waren wir doch noch gar nicht!«

Freudig lobt sich Herr E.: »Manchmal ist ein Dirigent auch zu etwas nütze!«, muss sich aber ernüchtert von Herrn V. anhören: »Meinen Sie?«

Wir beschäftigen uns mit dem Werk *Norsk* von Edvard Grieg. Herr E. erklärt: »In den Noten steht später mal ›Erstes Begegnen‹« , woraufhin Frau B. vor sich hin murmelt: »Da bekommen wir dann den ersten Anschiss!«

Die Probe geht ihrem Ende entgegen. Herr E. schaut auf die Uhr und meint: »Jetzt haben wir nur noch eine halbe Stunde Zeit zum Proben, aber Noten für eine Stunde!« Ich habe die perfekte Lösung für sein Problem: »Dann müssen wir eben doppelt so schnell spielen!«

Herr E. ist längst nicht mehr Dirigent des Orchesters, doch auch heute noch besteht das CMO, ein wenig kleiner geworden zwar, aber mit noch beinahe denselben Mitgliedern wie damals, sofern diese nicht gestorben sind. Ihnen fehlt der Nachwuchs, genauso wie dem Kirchenchor meines Vaters. Er könnte ein Lied davon singen. Das Durchschnittsalter seiner Sängerinnen und Sänger liegt bei etwa 65 Jahren.

Doch solange er kann, wird er damit zum Lob

Gottes weitermachen. Diese Art der Verkündigung ist für ihn Auftrag und die Erfüllung seines Versprechens, das er Gott vor langer Zeit gegeben hat. Wie schon damals, als Konfirmand im Alter von vierzehn Jahren, sieht er auch heute noch seinen Auftrag darin, Gottes Wort durch die Musik zu verkündigen, und hält sich an sein Versprechen, das er damals vor Gott abgelegt hat: für ihn Musik machen, solange er kann.

Der lächelnde Dalmatiner

Wir haben immer noch unsere Dalmatinerhündin Isabella, die mit ihren mittlerweile zwölf Jahren zu den Senioren ihrer Rasse gehört. Im Laufe der Jahre hat sie mich schon so manchen Nerv gekostet. Sie liebt es, bei offener Haustür die Gunst des Augenblickes zu nutzen, um sich selbst spazieren zu führen. Einmal endete ihr Freiheitsdrang beinahe tödlich. Ohne nach rechts und links zu schauen, wollte sie vor unserem Haus über die Straße laufen. Der Autofahrer, der gerade um die Ecke bog, konnte nicht schnell genug bremsen und fuhr sie an. Sie hatte Glück im Unglück und kam mit drei gebrochenen Pfotenknochen davon. Zweitausend Euro später konnten wir sie aus der Tierklinik abholen. Gelernt hat sie daraus aber nicht viel. Als neulich der Postbote bei uns klingelte und ich die Tür öffnete, zwängte sie sich blitzschnell zwischen uns durch und war verschwunden. Es dauerte nicht lange, bis sie mit gesenktem Kopf nach Hause getrottet kam. Immerhin ist ihr bewusst, dass sie nicht weglaufen soll. Ungewöhnlich war, dass ihr dicht auf den Fersen ein Nachbar folgte. Er war alles andere als erfreut. »Ihr Hund hat in meinem Garten einen Haufen gemacht, wenn das nochmals vorkommt, gehe ich zur Polizei und zeige Sie an!«, tobte er erbost. Bevor ich antworten konnte, war er schon wieder davongestampft. Nachdem ich mich von dieser Schimpfattacke ein wenig erholt hatte, holte ich ein Schäufelchen und einen Plastikbeutel, um besagtes Häufchen aus dem Garten unseres Nachbarn zu entfernen. Anschließend klingelte ich an seiner Haustür und bat ihn freundlich um Entschuldigung. Somit war der Friede wiederhergestellt.

Isabellas unstillbare Gier nach allem Essbaren sowie ihr Geruchssinn erstaunen uns immer wieder. Sie wartet meistens, bis wir abgelenkt sind, und versucht dann mit allen vorhandenen Mitteln, an das Essen heranzukommen. Sie scheut auch nicht davor zurück, auf einen Stuhl zu steigen, um ihr Ziel zu erreichen. Meistens verschlingt sie dann in aller Eile ihre Beute, egal, ob diese noch eingepackt ist oder nicht. So hat sie im Laufe der Jahre Osterhasen und Nikoläuse, Überraschungseier, ganze Päckchen Butter und Brotlaibe gefressen. Einmal leerte sie nicht nur ein Osterkörbchen, sondern auch das halbe Körbchen fehlte. Trotz dieser Fressgier geht es ihr noch gut, worüber wir uns freuen.

Besonders liebenswert an ihr finde ich ihr Erinnerungsvermögen. Sie freut sich über jeden Gast, den sie schon einmal gesehen hat und beschnüffelt hat. Selbst wenn der letzte Besuch bereits Jahre zurückliegt, erkennt sie denjenigen wieder.

Wenn sie sich besonders freut, zeigt sie das nicht nur mit dem für Hunde üblichen Schwanzwedeln, sondern sie beginnt auch zu lächeln. Dabei kann sie förmlich von einem Ohr zum anderen grinsen. Dieses Lächeln bekommen aber nur wenige zu sehen. Isabella zeigt es den Menschen, die ihr besonders am Herzen liegen. Einer dieser Menschen ist mein Vater. Jedes Mal, wenn er zu uns kommt, wird er im wahrsten Sinne des Wortes freudestrahlend von ihr begrüßt. So manch einer könnte sich von Isabella »eine Scheibe abschneiden« (nicht nur, weil sie ein bisschen zu viel Speck auf ihren Rippen hat). Keiner wird von ihr ignoriert. Sie begrüßt jeden, der zur Tür hereinkommt – mal mehr, mal weniger freudig –, aber sie übergeht niemanden. Im Gegenzug dazu erwartet sie aber auch von ihrem Gegenüber, ebenfalls begrüßt zu werden. Tut man das nicht, wird sie es einfordern, indem sie einem so lange hinterherläuft, bis sie ein paar freundliche Worte der Anerkennung oder gar eine Streicheleinheit erhalten hat. Ist nun jemand überhaupt nicht an ihr interessiert, geht sie genau zu demjenigen hin und legt ihre Pfote auf sein Knie oder stupft ihn mit ihrem Kopf an. Sie ist dabei nicht ungestüm oder grob, beharrt aber dennoch auf ihr Recht auf Aufmerksamkeit.

Auch frisst sie stets sauber und ordentlich ihren Hundenapf leer. Sie ist dabei weder anspruchsvoll noch wählerisch und nimmt dankbar an, was ihr vorgesetzt wird. Fällt bei unserem Essen etwas herunter, ist sie schnell und eifrig bemüht, die Krümel zu entfernen, indem sie diese einfach auffrisst.

Da Hunde nicht reden können, sind mir schon viele Diskussionen mit Isabella erspart geblieben. Sie ist nicht schnell beleidigt und verzeiht großzügig, wenn sie ungerechterweise des Essensdiebstahls verdächtigt wird.

Nur mit der Gehorsamkeit hapert es noch, und ihre bereits erwähnte Völlerei resultiert aus ihrem grenzenlosen Egoismus. Da hat unsere Hundedame noch einiges zu lernen ...

Wo sind die Gentlemen geblieben?

Wieder einmal stehe ich im Supermarkt an der Kasse in der falschen Schlange, nämlich in der, die sich am langsamsten vorwärtsbewegt. Ich ärgere mich darüber. Noch mehr ärgert mich aber das Verhalten meines hinteren Nachbarn, der seinen Einkaufswagen so dicht an mich heranschiebt, dass ich bei der geringsten Bewegung dort anstoße. »Ein bisschen Abstand halten«, möchte ich ihm zurufen, doch ich will keinen Streit provozieren und sage lieber nichts. Wer weiß, wie so jemand reagieren würde, also ein Gentleman mit guten Manieren ist dieser Herr hinter mir bestimmt nicht.

Überhaupt fällt mir immer wieder auf, wie selten man als Frau noch zuvorkommend behandelt wird. Schon oft habe ich bewusst darauf gewartet, dass ein Mann mir den Vortritt lässt, wenn wir beide gleichzeitig zu einer Tür hineingehen wollen. Meistens scheint »Mann« nicht im Traum daran zu denken und latscht mir voraus. Da ist kein höfliches Vorlassen, kein freundliches Tür-

Aufhalten zum Zeichen männlichen Respekts vor der Dame.

Das habe ich bei meinem Vater ganz anders kennengelernt. Ohne jemals große Worte darüber zu machen, wie ein Mann sich einer Frau gegenüber höflich und zuvorkommend verhalten sollte, brachte er es mir bei, indem er es einfach tat. Ohne mir dessen bewusst zu sein, beobachtete ich ihn dabei. Das, was er mir vorlebte, wurde mir zum Vorbild.

Umso mehr vermisse ich in der heutigen Gesellschaft diese kleinen Gesten der Höflichkeit. Während ich noch in der Schlange stehe und versuche, den ungeduldigen Kunden hinter mir zu ignorieren, denke ich an unsere Zeit in den USA. Dort ist es doch auch möglich, dass man höflich miteinander umgeht. Sogar im Supermarkt und an der Kasse. Man entschuldigt sich selbst dann, wenn man mit seinem Einkaufswagen an jemandem vorbeimöchte. »Excuse me, please, pardon me« sind zwar schon beinahe Gewohnheitsfloskeln dort, aber es macht den Umgang miteinander freundlich und respektvoll.

Als ich endlich im Supermarkt fertig bin, fahre ich noch schnell zur Tankstelle. Gerade als ich nach dem Bezahlen hinausgehen will, kommt ein bereits ergrauter Herr zur Tür herein. Er lächelt mir freundlich zu und hält mir die Tür auf. Es gibt sie also doch noch, die Gentlemen …

Wenn ein alter Baum verpflanzt wird

Meine Oma mütterlicherseits konnte nach ihrer Vertreibung aus Schlesien in Norddeutschland zwar neue Wurzeln schlagen, doch sie blühte erst richtig auf, nachdem ihr Mann Georg im Alter von 75 Jahren plötzlich an Herzversagen gestorben war. Es schien, als wolle sie das nachholen, was sie in den letzten Jahrzehnten versäumt hatte. Einige Jahre vor Opa Georgs Tod hatten sich die beiden ein Reihenhäuschen in Delmenhorst gekauft, wo sie sich gemeinsam einen neuen Freundeskreis aufgebaut hatten. So unternehmungslustig und kontaktfreudig wie seine Frau war Georg jedoch nicht gewesen; oft hatte er ihre Pläne gebremst, mit Freunden etwas zu unternehmen oder gar zu verreisen. Nach seinem Tod hatte meine Oma nun das erste Mal in ihrem Leben die Freiheit, sich etwas vorzunehmen, ohne Rücksicht auf Kinder oder Mann nehmen zu müssen. Sie begann, mit ihren Bekannten Ausflüge zu machen, ging regelmäßig ins Schwimmbad und traf sich jede Woche mit ihrem Freundeskreis zum

Kegeln. Und meine Oma ging auf Reisen. Auf einer Kreuzfahrt schipperte sie bis zum Nordkap, wobei sie den Polarkreis überquerte und mit einer »Taufurkunde« von Neptun zurückkam. Zahlreiche Busreisen führten sie durch ganz Europa; häufig fuhr sie auch mit dem Zug. Sie besuchte ihre Kinder und Enkelkinder, welche über ganz Deutschland verteilt lebten. Und sie ging auf Kaffeefahrten, bei denen sie sich so einiges aufschwatzen ließ, was sie hinterher meist bereute.

Wenn sie zu Hause war, genoss sie ihren kleinen Garten und ihr Häuschen, in dem sie sich sehr wohlfühlte. Sie traf sich regelmäßig mit ein paar Damen ihres Alters zum Skatspielen, besuchte das Theater und Konzerte. So wurde sie immer verwurzelter, umgeben von einem inzwischen großen Freundeskreis. Trotzdem schien ihr etwas zu fehlen. Eines Tages rief sie bei uns an und erzählte von ihrer Entscheidung: »Ich habe mich dazu entschlossen, mein Haus zu verkaufen und zu euch in den Schwarzwald zu ziehen.« Diese Nachricht schlug wie eine Bombe ein, vor allem natürlich bei meiner Mutter. Sie wusste nicht so recht, ob sie sich darüber freuen sollte, und hatte berechtigte Einwände: »Bist du sicher, dass du alles aufgeben willst? Dein Zuhause, deine Bekannten? Du fängst bei uns doch wieder von vorne an und kennst außer uns niemanden!« Doch meine Oma hatte ihre Entscheidung gefällt und war durch nichts aufzuhalten. Sie konnte es selbst nicht erklären; irgendetwas trieb sie an, den Umzug möglichst schnell in die Wege zu leiten. Sie hatte sich dafür entschieden, in die Nähe ihrer Tochter zu ziehen. So machte sie sich im Alter von 82 Jahren auf den Weg von Nord nach Süd, entschlossen, ihren Lebensabend in der Nähe ihrer Familie zu verbringen.

Meine Mutter hatte für Oma eine kleine Dachwohnung in der Nachbarschaft gefunden, im Haus einer alten Dame, die ebenfalls verwitwet war. Ihren alten VW-Käfer, den sie und ihr Mann 1963 als Neuwagen gekauft hatten, brachte Oma auch mit. Mit Oma Auto zu fahren, war ein Abenteuer für sich; ich war jedes Mal froh, wieder heil herauszukommen. Sah sie etwas, das ihr Interesse weckte, konnte es vorkommen, dass sie sich ausgiebig danach umschaute, während sie weiterfuhr. Oder sie erzählte heftig gestikulierend von früher, während sie den Wagen lenkte. So manches Mal entging sie nur knapp einem Unfall. Wir atmeten alle erleichtert auf, als sie sich nach gutem Zureden unsererseits im Alter von 89 Jahren schweren Herzens dazu entschloss, die Autoschlüssel für immer abzugeben. Anlass zu dieser Entscheidung war ein Auffahrunfall gewesen, den sie verursacht hatte, weil sie übersehen hatte, dass das vor ihr fahrende Auto wegen einer roten Ampel angehalten hatte.

Ihr Käfer fuhr übrigens noch viele Jahre danach weiter: Zuverlässig und ohne zu mucken, fuhr er Michael und mich Anfang Januar 1990 kurz nach dem Mauerfall bis nach Ostdeutschland. Später übernahm mein Bruder Markus als Student dankbar diesen fahrbaren Untersatz.

Meine Oma lebte noch zwölf Jahre in ihrer selbst ausgewählten neuen Heimat im Schwarzwald. Wirklich glücklich ist sie dort jedoch nicht gewesen. Einen neuen Freundeskreis aufzubauen, erwies sich als äußerst schwierig. Dazu kamen Verständigungsschwierigkeiten: Der schwäbische Dialekt war meiner Oma fremd und bereitete ihr manches Kopfzerbrechen, ebenso die damit einhergehenden oft großen Unterschiede in der Mentalität der Menschen. Es gelang ihr, eine kleine Skatgruppe zu bilden, mit der sie sich einmal pro Woche zum Spielen traf. Schmerzlich vermisste sie jedoch ihr Fahrrad und die ausgiebigen Touren, die sie in Norddeutschland hatte machen können. Es blieb ihr nichts anderes übrig, als sich mit ihrer Situation abzufinden. Einmal sagte sie zu mir: »So langsam gewöhne ich mich sogar ans Nichtstun.« Für sie, die ihr Leben lang gearbeitet hatte und sehr gesellig war, muss dies umso schwerer gewesen sein, da sie körperlich noch topfit war.

Am frühen Morgen des 13. Juli 2001 erhielten meine Eltern einen höchst sonderbaren und einzigartigen Telefonanruf von Oma: »Ich sterbe jetzt gleich, kommt doch zu mir.«

Als meine Eltern bei ihrem Haus eintrafen, stand sie am Fenster und erwartete sie bereits. Dann zog sie sich ein frisches Nachthemd an und legte sich in ihr Bett. Sie machte die Augen zu und nie wieder auf. Der herbeigerufene Hausarzt verbrachte noch die letzten Stunden zusammen mit meinen Eltern bei ihr und respektierte ihren Wunsch, ihr Leben nicht künstlich zu verlängern. Er stellte dann einen natürlichen Tod aufgrund von Altersschwäche fest: Ihr Herz hatte aufgehört zu schlagen. So verließ meine Oma ohne Qualen das Leben hier auf Erden im Alter von beinahe 94 Jahren. Zwei Wochen zuvor war ihr drittes Urenkelkind geboren worden – die Tochter meines Bruders Thomas und seiner Frau. Es schien, als habe Oma noch darauf gewartet, um dann in Frieden einzuschlafen.

Fleißige Hände

Was die Hände meiner Eltern im Laufe der Jahre alles schafften, lässt sich kaum in Worte fassen. Unzählige Handgriffe blieben zwar, wie bei allen anderen Menschen auch, unbemerkt, doch selten habe ich so viele Früchte fleißiger Handarbeit wie bei meinen Eltern gesehen. Wenn mein Elternhaus reden könnte, hätte es viel darüber zu erzählen. In beinahe jedem Zimmer finden sich handgemachte Gegenstände verschiedenster Art. Kommt man zur Haustür herein, wird man von hübschen Patchworkdecken begrüßt, welche auf einem Stab angebracht an der Wand hängen. Ihnen gegenüber hängt eine selbst getöpferte Glocke an einem selbst geflochtenen Makrameeband. Geht man vom Flur aus weiter ins Wohnzimmer, fällt der erste Blick auf eine Wanduhr, die von roten gestickten Rosen umrahmt wird. Über dem Sofa an der Wand hängt ein großer geknüpfter Teppich, der Couchtisch wird von einer gehäkelten Decke verziert. Auf dem grünen Sofa liegt eine Patchworkdecke, farblich dazu abgestimmt in harmonierenden Grüntönen. Oberhalb des Wohnzimmerschrankes bleibt noch Platz für ein Ölgemälde, das während der Malphase meiner Mutter entstand. Vom Wohnzimmer aus gelangt man ins Esszimmer, die beiden Räume werden wie durch eine Brücke mit einem selbst geknüpften Teppich miteinander verbunden. Das Esszimmer selbst beherbergt zahlreiche Tischdecken, welche von meiner Mutter entweder selbst genäht oder bestickt wurden. Für die heißen Schüsseln liegen Untersetzer bereit, die von ihr gehäkelt wurden. Auch im Esszimmer hängen ein paar ihrer Patchworkprodukte an der Wand, die sie je nach Jahreszeit passend aufhängte: im Frühling und Sommer eine Decke in frischen Farben mit Blumen, im Herbst Wandbehänge mit Blättern in den Farben der entsprechenden Jahreszeit, in der Weihnachtszeit selbst genähte Sterne. Sogar die Gardine am Fenster häkelte meine Mutter selbst.

Wenn wir die Treppe nach oben gehen, befinden wir uns im Reich meiner Mutter: ihr Nähzimmer. Die Nähmaschine hat einen Ehrenplatz, auf dem Schreibtisch liegen ihre Utensilien für das Nähen von Patchworkdecken. Der große Schrank daneben ist prall gefüllt mit Stoffen und anderen Nähmaterialien. Zur großen Freude der Kinder stehen dort auch mehrere Körbchen mit selbst genähtem Obst und Gemüse aus Filz. Meine Mutter hat in liebevoller Kleinarbeit ihrer Fantasie freien Lauf gelassen: Dabei kamen Kirschen, Birnen, Melonen, Äpfel und Zwetschgen heraus, aber auch Pilze, Erbsen, Blumenkohl und Salatköpfe fehlen nicht. Aus längst vergangenen Zeiten steht dort noch eine Kiste mit Kostümen, die meine Mutter für uns zum Verkleiden nähte und mit denen wir uns in Prinzessin, Cowboy, Bär, Zigeuner, Clown und Struwwelpeter verwandelten.

Die Treppe in den Keller führt gleichzeitig in die Werkstatt meines Vaters hinunter. Dort hängen zahlreiche Geigen im Schrank, die meisten sind von ihm selbst gebaut, manche warten auf eine Reparatur. Mit unvorstellbarer Geduld haben sowohl meine Mutter als auch mein Vater wunderbare Werke mit ihren eigenen Händen erschaffen, jeder auf seine Art, ganz nach Begabung.

Noch heute habe ich mein Puppenhaus, das unter dem Weihnachtsbaum stand, als ich sechs Jahre alt war. Dieses Puppenhaus gibt es sicher nur einmal auf der ganzen Welt, denn mein Vater hat es selbst gebaut. Nichts fehlt darin, die drei Stockwerke beinhalten Küche, Bad, Wohnzimmer, Schlafzimmer, einen Abstellraum sowie eine Terrasse und einen Balkon. Über eine Holztreppe gelangen die kleinen Hausbewohner in die nächste Etage. Sogar kleine Lampen fehlen nicht, die man mit kleinen Schaltern an der Wand anknipsen kann. Für die Innenausstattung sorgte meine Mutter. Sie beklebte die Böden mit Teppichböden aus Filz, nähte Vorhänge für die Fenster, tapezierte die Wände und stellte die kleinen Möbel hinein. Die Decken und Kopfkissen für die Betten nähte sie auch selbst.

Wenn Engel reisen

Ob ich schon einmal einem Engel begegnet bin? Ja, das bin ich. Es ist nun schon ein paar Jahre her, doch war diese Begegnung dermaßen eindrücklich, dass sie mir noch so lebhaft in Erinnerung ist, als wäre es erst letzte Woche gewesen.

Ich hatte mit Melissa und Samuel für ein paar Wochen meine Eltern besucht und war auf dem langen Heimweg in die USA. Es sollte die längste Reise meines Lebens werden. Um unseren Zielflughafen in Portland (Oregon) zu erreichen, mussten wir erst in New York umsteigen, dann noch einmal in Seattle (Washington). Die Kinder waren damals ein und drei Jahre alt. Michael war nicht mitgekommen, da er keinen Urlaub hatte. Wenn man in die USA fliegt, wird das aufgegebene Gepäck nicht automatisch zum Zielflughafen befördert, man muss seine Koffer an dem Ort abholen, wo man einreist. Fliegt man dann weiter, muss man diese erneut aufgeben. Ich wusste also, dass ich in New York zuerst die Koffer an der Gepäckausgabe abholen musste, um mit diesen dann durch den Zoll zu gehen und sie anschließend dorthin zu bringen, wo ich sie für den Weiterflug nach Seattle und Portland wieder aufgeben konnte.

Mir grauste während des Flugs nach New York davor, denn ich wusste nicht, wie ich das alles alleine schaffen sollte: zwei Kleinkinder, ein Kinderwagen, zwei Koffer, eine Wickeltasche sowie die beiden Rucksäcke der Kinder. Je näher wir dem *John F. Kennedy International Airport* kamen, desto unruhiger wurde ich. Beim Landeanflug begann ich zu beten: »Herr, ich kann das nicht alleine. Bitte schick du mir jemanden, der mir hilft.«

Als wir gelandet waren und im Flugzeug aufstanden, um auszusteigen, stand vor mir ein US-Amerikaner mittleren Alters. Er sah mich mit den Kindern und sprach mich an: »Sie haben aber brave Kinder, den ganzen Flug über hat man sie kaum gehört. Sind Sie hier am Ziel oder müssen Sie noch weiterfliegen?« Ich erzählte ihm, dass wir noch bis an die Westküste fliegen würden. Er fragte: »Wohin denn? Ich fliege auch weiter, bis nach Seattle.« Im weiteren Verlauf des Gesprächs stellte sich heraus, dass er geschäftlich unterwegs war und nur einen kleinen Koffer mit sich führte.

»Ich helfe Ihnen mit den Koffern, ich habe selbst kaum Gepäck.«

Wie ein Engel war dieser Mann aufgetaucht, genau in dem Moment, als ich ihn brauchte. Wir holten gemeinsam die Koffer ab, er half mir, damit durch den Zoll zu kommen, und schob sie auf dem Gepäckwagen für mich bis zur nächsten Aufgabestelle. Doch nicht genug damit. Als unser Flug nach Seattle sieben Stunden Verspätung hatte, half er mir während der gesamten Zeit, die Kinder zu beschäftigen, wenn sie nicht gerade schliefen. Ich erfuhr von ihm, dass er selbst sechs Kinder hatte und einer Kirchengemeinde in Seattle angehörte.

Genauso plötzlich, wie er aufgetaucht war, verschwand er auch wieder aus meinem Leben. Das letzte Mal sah ich ihn beim Einsteigen in das Flugzeug nach Seattle. Danach brauchte ich auch keine Hilfe mehr, denn nun wurde unser Gepäck bis zum Zielflughafen in Portland weiterbefördert, wo mein Mann auf uns wartete.

Aller guten Dinge sind drei

»Freust du dich eigentlich auf das Baby?« Meine 13-jährige Tochter Melissa sitzt mit meiner Mutter und mir im Auto. Ich bin zu diesem Zeitpunkt im achten Monat schwanger und freue mich riesig auf unser drittes Wunschkind. Die Frage meiner Tochter an ihre Oma kommt unerwartet und fordert eine direkte Antwort ein, die nicht lange auf sich warten lässt. Ohne zu zögern, antwortet meine Mutter mit einem knappen »Nein«.

Mir verschlägt es die Sprache. Während ich schweigend weiterfahre, lausche ich gespannt, wie sich der Dialog zwischen Enkeltochter und Oma entwickelt.

»Wieso denn nicht?«, fragt daraufhin meine Tochter. »Elke hat doch schon genug Kinder, ihr braucht nicht noch eins«, kommt die Antwort trocken aus dem Munde meiner Mutter. Somit ist für sie das Gespräch beendet, zumal meine ansonsten schlagfertige Tochter nun auch nichts mehr zu sagen weiß. Sie ist genauso baff wie ich, um nicht zu sagen: schockiert.

Meine Gedanken gehen zurück zu dem Tag, an dem ich meine Mutter aufgeregt anrief, um ihr die freudige Nachricht mitzuteilen, dass sie noch ein Enkelkind bekommen würde. Sie nahm die Neuigkeit mit einem spontanen »Um Himmels willen!« auf.

(Meinem Vater hatte ich übrigens schon ein paar Tage vorher erzählt, dass wir nochmals ein Baby erwarteten, worauf er gemeint hatte: »Ach, habt ihr euch noch eins bestellt?« Meine Mutter war an jenem Tag nicht zu Hause gewesen, und ich hatte ihn gebeten, ihr nichts zu verraten, da ich es ihr selbst sagen wollte.)

Während ich nun mit nicht mehr ganz ungeteilter Aufmerksamkeit weiter das Steuer lenke, erinnere ich mich noch weiter zurück an den Tag vor etwa einem Jahr, als mein Mann plötzlich wie aus heiterem Himmel zu mir sagte: »Wir werden wohl kein Kind mehr bekommen. So langsam werden wir zu alt.« Warum ich ihm spontan antwortete: »Wieso eigentlich nicht?«, kann ich eigentlich nur damit erklären, dass Gott mich wohl auf diesen Augenblick vorbereitet hatte. Seit Monaten schon hatte mich der Gedanke an ein weiteres Kind bewegt und beschäftigt. So war ich nicht unvorbereitet, als mein Mann seinen eigenen Wunsch nach einem Baby zum Ausdruck brachte. Wir legten unsere Herzensangelegenheit damals bewusst in Gottes Hand, dem Schöpfer allen Lebens.

Mehrere Monate vergingen, ohne dass sich eine Schwangerschaft einstellte. Als es Dezember wurde und das Jahr zur Neige ging, dachte ich bei mir: »Es soll wohl doch nicht mehr sein, dass wir noch ein Baby haben dürfen«, und hakte insgeheim das Thema Kinderwunsch für mich ab. Zwei Wochen später, genau um die Weihnachtszeit, keimte jedoch in mir der Verdacht auf, dass ich schwanger sein könnte. Typische Symptome wie Müdigkeit und Übelkeit bestärkten meine Vermutung. Nach endlos scheinenden Tagen des Wartens über die Feiertage und Neujahr konnte ich endlich zu meinem Frauenarzt gehen, der mir dann sehr schnell seinen Befund mitteilte: »Sie sind schwanger, es sind eins oder zwei.«

Die folgenden Wochen waren für mich eine Achterbahnfahrt der Gefühle, vor allem aber eine tägliche Übung darin, jeden Tag in Gottes Hand zu legen. Von dem gut gemeinten Ratschlag meiner Freundin, ich sollte doch die Schwangerschaft genießen, konnte keine Rede sein. Zu der Übelkeit hatte sich eine bleierne Müdigkeit und Lethargie gesellt, die mich förmlich ans Sofa fesselten.

Noch dazu setzte in der 15. Schwangerschaftswoche eines Nachts eine starke Blutung ein, ohne jegliche Vorwarnung, wie aus heiterem Himmel. Während draußen ein Wintersturm wütete, tobte in den Herzen meines Mannes und mir ein Sturm der Angst. Ich bat Gott um Stillung des Sturms, und trotz großer Angst und Ungewissheit, ob ich das Baby noch in mir trug, durfte ich in jener Nacht einen Frieden spüren, der nur von Gott kommen kann. Da war keine Stimme, die ich hörte, dennoch wurde mir irgendwie zugesprochen: »Es wird alles gut.«

Am nächsten Morgen kam dazu dank Ultraschall die Bestätigung meines Frauenarztes: »Das Baby ist noch da und bewegt sich munter.« Vorsichtshalber wies er mich jedoch ins Krankenhaus ein, wo ich eine Woche liegen musste. Dort erklärte mir der betreuende Arzt anhand eines Ultraschallbildes, dass ich einen kleinen Jungen erwarten würde.

Mit der Auflage absoluter Schonung wurde ich nach Hause entlassen. Lange, qualvolle Wochen folgten, stets in der Sorge, wie alles enden würde, aber auch mit der hoffnungsvollen Zusage aus jener stürmischen Nacht. Wie viel durfte ich tun? Was würde zu viel sein? Welche Bewegungen konnten schaden? Immer wieder kamen mir Gottes Worte in den Sinn: »Alle eure Sorge werft auf ihn; denn er sorgt für euch« (1. Petrus 5,7). Ich klammerte mich daran, versuchte, die ganze Sorge in Gottes Hand zu legen, doch richtig abgeben konnte ich sie nicht.

In der 19. Schwangerschaftswoche an einem Montagmorgen war ich besonders entmutigt. Verzweiflung kam in mir auf, und ich befürchtete, dass ich das Baby doch noch verlieren könnte. Im Bett liegend hielt ich Zwiesprache mit meinem Kind: »Mama und Papa haben dich sehr lieb, kleiner Schatz. Und Gott hat dich ganz besonders lieb. Und wenn es nicht sein soll, dass wir dich in unseren Armen halten dürfen, sind wir dankbar dafür, dass wir dich für eine kleine Weile in mir haben durften.«

In den nächsten Tagen geschah für mich ein Wunder, und die Schwangerschaft verlief gut weiter.

Ich durfte wieder aufstehen und konnte beginnen, meine fortschreitende Schwangerschaft endlich zu genießen.

Und jetzt sitze ich im Auto. Dieses eine Wort meiner Mutter macht für mich keinerlei Sinn. Ich will es nicht zulassen, dass es mir oder meiner Familie die große Vorfreude auf unser sehnlich erwartetes Baby schmälern soll.

Schade nur, dass meine Mutter diese Freude nicht mit uns teilen kann. Ich beschließe jedoch, dass dies nicht mein Problem sein soll.

Unsere kleine Stephanie kam übrigens zwei Wochen vor dem errechneten Geburtstermin zur Welt – gesund und munter. Die Geburt verlief ohne Komplikationen, und wir durften endlich unser drittes Wunschkind in den Armen halten: erbeten und gewünscht.

Drei Tage nach ihrer Geburt durfte Michael uns beide aus dem Krankenhaus abholen, was für ihn ein ganz besonderes Geschenk war, weil er an diesem Tag nämlich selbst Geburtstag hatte!

Ein Licht verlöscht

»Jetzt können wir endlich ein paar Tage abschalten und entspannen«, seufze ich erleichtert. Die Koffer sind gepackt und im Auto verstaut, alle drei Kinder sitzen bereits angeschnallt auf der Rückbank. Der Weihnachtstrubel liegt hinter uns, die Adventszeit haben wir wieder einmal alles andere als ruhig und besinnlich verbracht. Sicher, jede einzelne Veranstaltung ist schön gewesen: die schulischen Weihnachtskonzerte beider Kinder; unsere eigene große Christmas Party, zu der wir jedes Jahr um die 30 Gäste einladen; das Adventskonzert der Mennonitengemeinde in unserem Ort; die Aufführung mit meinem Flötenensemble und die große Betriebsweihnachtsfeier meines Mannes im festlich geschmückten Restaurant des Fußballstadions. Schade nur, dass bei so vielen Terminen die an sich schönen Veranstaltungen zur Pflicht werden, die man als erledigt abhakt, sobald sie vorbei sind.

Nun sitzen wir im Auto und machen uns auf den Weg in den Schwarzwald, um kurz nach Weihnachten ein paar Tage bei meinen Eltern zu verbringen.

Wenn wir zu fünft kommen, ist das schon anstrengend genug für meine Eltern. Da aber auch mein jüngerer Bruder Markus mit seiner Familie gerne an Weihnachten zu Besuch kommt, halten wir es seit ein paar Jahren so, dass wir erst dann anreisen, bevor die anderen kurz danach wieder abreisen. So können wir uns wenigstens noch kurz sehen, ohne meine Eltern zu lange mit insgesamt neun Gästen zu stressen.

Als wir ankommen, stellen wir jedoch überrascht fest, dass Markus mit Frau und Kindern bereits nach Hause gefahren ist. »Ihre Katze liegt im Sterben. Die Nachbarin rief an, dass sie kommen sollen«, erklärt meine Mutter nach unserer Begrüßung. Schade, denn wir sehen uns das ganze Jahr über nicht öfter als ein- bis zweimal.

Bei meinen Eltern liegt noch viel Schnee, sehr zur Freude der Kinder. Wir können im Schnee buddeln, Schlitten fahren und die meterhohen, aufgetürmten Schneehaufen erklimmen, die der Schneepflug im Laufe mehrerer Wochen aufgetürmt hat. Wir haben nicht vor, lange zu bleiben, um meiner Mutter nicht allzu sehr zur Last zu fallen. In zwei Tagen wollen wir wieder abreisen. Meine Mutter hat es nicht gern, wenn ihre Routine unterbrochen und ihre Ordnung gestört wird. So kann ein Besuch schnell zur nervlichen Belastungsprobe werden. Allein mein Vater bleibt stets der ruhende Pol, geht es noch so turbulent um ihn herum zu. Am zweiten Tag mache ich mit den Kindern und meiner Mutter einen Spaziergang im Schnee. »Wie gehts dir eigentlich so?«, frage ich meine Mutter. Wir steigen gerade einen Berg hinauf, und während ich anfange zu schnaufen, zeigt meine Mutter von Ermüdung keine Spur. »Mir gehts gut!«, antwortet sie schwungvoll. Noch mehrmals fällt mir an diesem Tag auf, wie viel Energie meine Mutter zu haben scheint. Als die Kinder beginnen, einen angehäuften, etwa drei Meter hohen Schneeberg zu besteigen, nimmt sie Anlauf und rennt mit der Kondition eines jungen Menschen diesen Hügel hinauf.

Für die morgige Heimreise haben wir uns überlegt, einen Zwischenstopp in Freiburg einzulegen, um es uns in einem Wellnesshotel mit Thermalbad gut gehen zu lassen. Ich rufe dort an, und wir haben Glück: Es sind noch zwei Doppelzimmer frei. Ich buche und denke noch dabei: »Jetzt kommt bestimmt nichts mehr dazwischen. Alle

Kinder sind gesund, und morgen fahren wir ja schon dorthin.«

Inzwischen ist es Abend geworden. Nach dem gemeinsamen Abendessen setzen wir uns alle ins Wohnzimmer. Wir haben meinen Eltern Weihnachtsgeschenke mitgebracht und machen noch eine verspätete Bescherung mit ihnen. Als ich meiner Mutter ihr Geschenk gebe, sagt sie wie jedes Jahr: »Wir hatten doch ausgemacht, dass wir uns nichts schenken.« Sie beruft sich dabei jedes Mal auf eine Aussage von ihr selbst, dass wir Erwachsene uns eigentlich nichts mehr zu schenken brauchen. Während sie auspackt, erkläre ich ihr: »Eigentlich ist das Geschenk auch nicht für dich, sondern für mich selbst. Es ist ein Buch mit vielen leeren Seiten für dich zum Ausfüllen.« Das Buch heißt »Mama, erzähl mal«. »Au ja, das mache ich«, ist die spontane Reaktion meiner Mutter, und ich freue mich darauf, dadurch mehr von ihr zu erfahren und so vielleicht mit ihr über so manches aus ihrem Leben ins Gespräch zu kommen.

Als wir so zusammensitzen, sprechen wir darüber, einmal gemeinsam mit meinen Eltern in ihre alte Heimat, das einstige Schlesien, zu fahren. Keiner von ihnen war seit ihrer Vertreibung jemals wieder dort gewesen. Doch nun können sie sich vorstellen, die Orte ihrer Kindheit noch einmal aufzusuchen. So fangen wir begeistert an, Pläne für eine Reise nach Polen zu schmieden.

Später am Abend singen Michael und Samuel ein Duett vor, das sie bereits für unsere Christmas Party bei uns zu Hause eingeübt haben: *Little Drummer Boy* (im Original gesungen von Bing Crosby und David Bowie). Nach dem Minikonzert möchte Samuel rausgehen, um vor dem Haus Schlitten zu fahren. »Ich komme mit!«, ruft meine Mutter voller Elan und geht mit Samuel nach draußen. Mein Vater hat sich ans Klavier gesetzt, ich stelle mich daneben. Wir probieren ein Lied aus, das ich mitgebracht habe: *Breath of Heaven*. Ich singe, er begleitet mich. Als wir fertig sind, würde ich das Lied am liebsten nochmals singen, aber irgendetwas hält mich davon ab, diesen Wunsch zu äußern. Stattdessen ziehe ich mich nun auch warm an und gehe hinaus, um mit meiner Mutter und Samuel Schlitten zu fahren. In dem Moment, als ich zur Haustür hinausgehe, sehe ich, wie meine Mutter mit dem Schlitten den Berg hinuntersaust. Ich denke noch bei mir: »Wie ein Kind rast sie da den Berg hinunter!« Ich schnappe mir auch einen Schlitten und fahre hinterher. Das ist schon praktisch, wenn man wie meine Eltern direkt am Berg wohnt. Unten angekommen treffe ich meine Mutter und wir gehen zusammen die Straße wieder hoch. Samuel sitzt am Straßenrand im Schnee und baut eine Höhle. Auf halber Höhe fragt mich meine Mutter: »Wollen wir mal die Schlitten tauschen?«

Sie hat den größeren Schlitten, und wir tauschen, damit Samuel und ich zusammen fahren können. Oben angekommen rodeln wir beide hinunter, an meiner Mutter vorbei, die in der Kurve stehen geblieben ist, um uns vor eventuell heranfahrenden Autos zu warnen. Als wir den Berg zwei Minuten später wieder hochkommen, sehe ich sie plötzlich im Schnee liegen. Ihre Augen sind geschlossen, ihre Brille ist noch auf ihrer Nase, so als ob sie sich einfach hingelegt hätte. Ich renne zu ihr hin und rufe: »Mama, was ist denn mit dir?« Aus ihrer Kehle kommt ein Röcheln, so als ob sie jeden Augenblick wieder zu sich kommen wird. Doch sie reagiert nicht auf mich. Ich gehe auf die Knie, streichle ihre Wangen, in der Hoffnung, sie wieder zu Bewusstsein zu bekommen. Dann rufe ich Samuel zu: »Lauf schnell, geh Opa holen!« Samuel rennt los. Kurz darauf kommt mein Vater angerannt. Ich rufe ihm verzweifelt zu: »Wir sind den Berg hochgekommen, und da lag sie da!« Unser erster Gedanke ist es, sie aus dem kalten Schnee zu holen und zu versuchen, sie auf den Schlitten zu legen. Doch wir schaffen es nicht. Samuel steht wieder hinter mir. Ich gebe ihm weitere Anweisungen: »Renn zu Onkel Werner, er soll einen Arzt rufen!« Gleichzeitig klingle ich Sturm bei den Nachbarn meiner Eltern, vor deren Eingangsbereich meine Mutter liegt. Auch sie rufen den Notarzt an. Doch seine Wiederbelebungsversuche zeigen keinerlei Wirkung. Und so stehen mein Vater und ich ihm dann gegenüber, als seine Worte wie in einem Albtraum zu uns dringen: »Es tut mir leid, aber es war nichts mehr zu machen…« Er will uns wohl trösten, indem er hinzufügt: »Sehen Sie es doch mal so: Sie ist mit Freude in den Tod gefahren!«

Während bei meinem Vater die Tränen fließen, kann ich nicht weinen. Ich komme mir vor wie in einem schlechten Film, als dann auch noch die Polizei gerufen wird, um meinen Vater und mich zu befragen. »Jetzt werde ich womöglich noch des Mordes verdächtigt«, schießt es mir durch den Kopf. Ich male mir bereits aus, jetzt auch noch abgeführt zu werden. Doch der Notarzt bestätigt den Polizisten eine natürliche Todesursache, woraufhin sie sich von uns wieder verabschieden.

Fassungslos funktionieren wir die nächsten Tage irgendwie und bereiten alles für die Beerdigung vor. Michael bringt Melissa und Samuel nach Hause zurück; sie möchten nicht mehr bleiben und können die nächsten Tage bei Freunden verbringen.

Für die Traueranzeige wählt mein Vater Worte aus Jesaja 55,8: »Denn meine Gedanken sind nicht eure Gedanken, und eure Wege sind nicht meine Wege, spricht der Herr.«

An Silvester findet die Beerdigung statt. Der Trauergottesdienst wird in derselben Kirche gehalten, in der schon meine Eltern uns Kinder taufen ließen, mein Mann und ich uns das Jawort gaben, meine Eltern beinahe 50 Jahre lang an unzähligen Gottesdiensten und Konzerten teilgenommen hatten und mein Vater an Tausenden von Gottesdiensten, Hochzeiten und Trauerfeiern Orgel gespielt hatte. Nun sitzen wir an diesem letzten Tag im Jahr in der ersten Reihe, um meiner Mutter die letzte Ehre zu erweisen.

Der Sarg ist vorne in der Klosterkirche aufgebahrt, umgeben von einem Blumenmeer. Die Kälte der unbeheizten Kirche entspricht der von Trauer erstarrten Kälte in unseren Herzen. Mama hat ihr Leben lang Blumen geliebt. Wenn sie diese Blumenpracht um sie herum nun sehen könnte, würde sie sich freuen. Rote und weiße Rosen, Nelken und sogar in den schönsten Farben schillernde Orchideen setzen wohltuende Farbtupfer als Gegensatz zu der sonst dominierenden schwarzen Farbe der Trauergemeinde. Ein kleiner Frühlingsschimmer mitten im Winter. Mehrere Hundert Menschen haben sich versammelt, um Abschied von ihr zu nehmen. Auch darüber hätte sie sich gefreut: zu sehen, wie viele Menschen sie gekannt und geschätzt haben.

Über einen anwesenden Trauergast hätte Mama sich vermutlich besonders gefreut: ihr eigener Bruder Konrad. Jahrelang hatten sie sich angeschwiegen, der Kontakt war mehr oder weniger abgebrochen. Nun sitzt auch er mit seiner Frau bei der Trauerfeier; die beiden hatten die weiteste Anreise.

Mein Vater und ich sind dankbar für diese Geste des Entgegenkommens. Nur schade, dass diese so spät kommt, meine Mutter hat nun nichts mehr davon. Wie sich später in einem Gespräch mit Onkel Konrad herausstellt, beruhte dieser stumme Streit zwischen den Geschwistern auf einem Missverständnis, das man mit etwas gutem Willen vermutlich mit ein paar Worten aus der Welt hätte schaffen können...

So geht unser Jahr 2010 zu Ende. Die Weihnachtslichter sind verloschen und damit auch das Lebenslicht meiner Mutter – unwiderruflich, endgültig. Die Seiten in ihrem neuen Buch über ihr Leben werden nun leer bleiben; niemand anders als sie alleine hätte diese ausfüllen können.

Der Ton macht die Musik

Während ich immer wieder mit Gott hadere und keinen Sinn in dem plötzlichen Tod meiner Mutter sehe, lebt meine 16-jährige Tochter mir vor, wie es auch gehen kann. Während ich noch dabei bin, die Erlebnisse zu verarbeiten, frage ich sie: »Sag mal, wie gehts dir eigentlich mit dem Tod von Oma?« Ihre Antwort kommt ohne zu zögern: »Oma ist tot, ist jetzt eben so. Das Leben geht weiter.« Damit ist für sie das Thema erst einmal erledigt. Dabei versucht sie auch nicht, irgendwelche Emotionen zu überspielen. Nein, das ist meine Melissa. Nüchtern sieht sie der Realität ins Auge, blickt nicht nach hinten, sondern nach vorne. Ich wünsche mir fast, das auch zu können, doch so bin ich nicht veranlagt.

Ein warmes, inniges Verhältnis zwischen meiner Mutter und ihren Enkelkindern hat sich nie entwickelt. Das erklärt teilweise auch die Reaktion meiner Tochter auf den Tod ihrer Oma. Bereits im Kleinkindalter spürten unsere Kinder den Kontrast zwischen Oma und Opa. Oma führte das Regiment, alle anderen hatten sich zu fügen. Wurde ein Vorschlag gemacht, der nicht ihren Vorstellungen entsprach, geriet man leicht in eine verbale Abschusslinie und musste sich auf einen Angriff gefasst machen. Jegliche Widerrede war dann zwecklos. Im Gegensatz dazu strahlt mein Vater stets eine liebevolle Ruhe aus, zu der sich die Kinder hingezogen fühlen. Nie gibt er ihnen das Gefühl, keine Zeit für sie zu haben. Er spielt auch dann mit ihnen, wenn er bestimmt anderes zu tun hätte. Intuitiv trifft er den richtigen Ton.

Eindrücklich dafür war eine Szene während eines Besuches bei meinen Eltern. Wir saßen gemeinsam beim Essen. Wie so oft konnte meine Mutter nicht darüber hinwegsehen, dass bei Samuel ab und zu ein Krümel auf den Fußboden fiel. Die weitere Mahlzeit verlief recht schweigsam. Nachdem mein Vater wie üblich den Abwasch gemacht hatte, wandte er sich an Samuel: »Komm, ich gehe mit dir in die Werkstatt, und wir bauen ein Schwert.« Samuels Augen leuchteten auf, und die beiden verschwanden für die nächsten zwei Stunden in Opas Werkstatt. Für Samuel war es genau das, was er brauchte, und vermutlich für meine Mutter auch. Sie hatte ihre Ruhe und konnte etwas Abstand gewinnen, während Samuel mit dem Basteln des Schwertes abgelenkt war und Zeit mit seinem Opa hatte.

Auf diese Weise schlug mein Vater gleich zwei Fliegen mit einer Klappe. Auch ohne ein Pädagogik- oder Psychologiestudium spürte er intuitiv, was die richtige Reaktion in dieser Situation war. Behutsam und mit viel Einfühlungsvermögen löste er diesen Konflikt auf seine Art. Leise und den richtigen Ton treffend.

Immer einen Schritt voraus

Einen gemeinsamen Spaziergang mit meiner Mutter zu machen, war interessant. Sie hatte die Angewohnheit, stets einen Schritt vorauszugehen, wir anderen kamen hinterher. Das war selbst bei Wanderungen so, wenn meine Eltern mit einem befreundeten Ehepaar in den Bergen unterwegs waren: Meine Mutter war immer einen Schritt schneller. Ich frage mich, was sie dabei angetrieben hat. Vielleicht eine innere Unruhe, schnell ans Ziel zu kommen? Oder eine gewisse Ungeduld, weil es ja noch anderes für sie zu tun gab? Auch wenn mein Vater mit meiner Mutter alleine spazieren ging, lief sie ihm oft voraus, er trabte hinterher. Dabei lief sie aber nicht blindlings durch die Gegend. Sie hatte offene Augen für die Schönheit der Natur, konnte fast alle Blumen am Wegesrand mit Namen benennen und entdeckte selbst die kleinsten, versteckten Pflänzchen und Kräutlein, an denen die meisten Spaziergänger achtlos vorbeigehen.

Das Laufen gehörte zu ihrem Tagesablauf. Mit einer kleinen Gruppe Gleichgesinnter ihres Alters lief sie jeden Wochentag morgens eine Stunde durch den Wald. Sie hatte bereits vor Jahren das »Nordic Walking« für sich entdeckt. Konsequent zog sie dieses tägliche Fitnessprogramm durch, selbst bei Regen und Schnee lief sie ihre Runde.

Überhaupt war sie die treibende Kraft in unserer Familie. Wenn sie sich etwas vornahm, packte sie es an und zog ihr Vorhaben konsequent durch. Ihre Energie hat mich manches Mal erstaunt. Was sie in Angriff nahm, wurde von ihr auch gründlich und ordentlich zu Ende geführt.

Besonders eindrücklich war dies für mich, als ich sie eines Tages nach unserem Umzug aus den USA zurück nach Deutschland um Hilfe bat. Die Umzugskisten stapelten sich in Küche und Wohnzimmer bis an die Decke, und ich brachte keine Energie auf, diese Kistentürme anzugehen. Meine Mutter kam, sah und legte los. Ich staunte nur, mit wie viel Energie sie dies tat und wie sich Kiste um Kiste leerte. Gemeinsam ging es dann schnell voran; innerhalb weniger Stunden waren wir so weit, dass ich Licht am Ende des Kistentunnels sah.

Wer viel läuft, hinterlässt auch viele Spuren. Mamas Spuren im Wald sind zwar nicht mehr zu sehen, dafür hat sie aber andere Spuren hinterlassen, die von ihren unermüdlichen Bewegungen zurückgeblieben sind.

Die Bewegungen ihrer Hände und Finger haben zahllose Kunstwerke geschaffen: sie haben gestrickt, gehäkelt, genäht, getöpfert, gemalt und gepflanzt. Und tief in ihr drin lag auch eine Spur. Diese Spur war gefurcht von einer Liebe, die nur selten bei ihr zum Vorschein kam und doch vorhanden war, verbunden mit einer Sehnsucht danach. Denn sie selbst hatte ihre Mühe damit, an sie heranzukommen. Zu wenig hatte sie diese Liebe als Kind von ihren eigenen Eltern erfahren. Ihr innerer Liebestank war nicht aufgefüllt worden, und des Öfteren schien sie in dieser Beziehung auf Reserve zu laufen.

Ob sie jemals die Liebe Gottes in ihrem Herzen spüren durfte, wissen wir nicht genau. Wir wissen auch nicht, ob sie in ihren letzten Sekunden sah, wie jemand kam, um sie abzuholen. Doch dass sie jetzt im Himmel sitzt und Patchworkdecken näht, wie meine Schwiegermutter mir neulich wohl als Trost gemeint schrieb, kann ich nicht wirklich glauben.

Als mein Bruder Thomas neulich meinen Vater besuchte, ging er in sein einstiges Kinderzimmer, das meine Mutter als ihr Nähzimmer genutzt hatte. Auf seinem alten Schreibtisch lag der Schlüssel für die abgeschlossene Schreibtischtür. Neugierig darauf, was meine Mutter wohl darin eingeschlossen hatte, öffnete er das Türchen. Viel fand er nicht darin, ein einziges Buch lag aber dort: »Mein Recht als Erbe«.

Offensichtlich hatte meine Mutter sich damit beschäftigt, welche Rechte sie einmal haben würde, wenn mein Vater zuerst gehen sollte. Sie war ohne unser Wissen auch hier einen Schritt voraus mit ihren Gedanken – und schlussendlich ging sie uns allen den letzten Schritt voraus.

Soloauftritt

Nach 47 Jahren Ehe ist mein Vater nun alleine. Nach einem langen Duett mit all seinen lauten und leisen Tönen bleibt ihm nun der Solopart überlassen, ob er es will oder nicht. Gemäß seiner Art bewältigt er auch dies meisterhaft, wozu auch gehört, dass er die Tage, die ihm besonders schwer werden, nicht versucht zu überspielen, sondern er auch ehrlich sagt, wenn es ihm nicht so gut geht.

Meine Eltern waren ein eingespieltes Team, jeder hatte seine Arbeitsbereiche und Aufgaben. Seit dem Tod seiner Frau muss mein Vater die bisher geteilten Aufgaben im Haus und Garten nun alleine weiterführen. Wäsche waschen und bügeln, den Kühlschrank auffüllen, den Garten und die unzähligen Blumen im Haus versorgen – darum hatte sich hauptsächlich meine Mutter gekümmert.

Dass mein Vater seit seinem Ruhestand gerne kocht, kommt ihm nun zugute. Es ist für ihn kein Problem, eine warme Mahlzeit auf den Tisch zu bringen. Die Waschmaschine zu bedienen, hat er schnell gelernt, und auch das Einkaufen ist für ihn nicht schwer.

Viel schwerer hingegen ist das Alleinsein. Er muss nun mit einer bisher unbekannten Einsamkeit klarkommen, die ihm selbst ein großer Freundes- und Bekanntenkreis nicht wirklich abnehmen kann. Die älteren seiner sieben Enkelkinder kamen in den letzten Jahren gerne zu Oma und Opa in den Ferien zu Besuch. Da sie alle weiter weg wohnen, freuten sie sich, auch ab und zu alleine, ohne Geschwister und Eltern, bei ihnen zu sein.

Dann wurde viel mit dem Enkelkind unternommen, wie zum Beispiel Fahrradtouren, Schwimmbadbesuche, Ausflüge und Wanderungen. Dabei waren meine Eltern ein eingespieltes Team. Während Oma sich ums Essen kümmerte, konnte Opa mit dem Enkelkind in der Werkstatt etwas aus Holz bauen, ging mit ihm auf den Spielplatz oder spielte Fußball, je nachdem, welches Enkelkind gerade zu Besuch war. Andersherum übernahm Oma die Betreuung, wenn Opa sich etwas ausruhen oder einen Termin wahrnehmen wollte. Sie puzzelte gerne mit den Kindern oder nähte mit ihnen etwas.

Alle zusammen machten sie Spaziergänge im Wald – auch bei Nacht mit der Taschenlampe, sie sammelten Tannenzapfen und Schneckenhäuschen. Egal, welches Enkelkind gerade zu Besuch war – jedes hatte seine Freude daran, mit Opa in seiner Werkstatt aus den Tannenzapfen Bäume zu basteln und mithilfe von Brettern und Holzstückchen ganze Landschaften aufzubauen.

Seine Enkelkinder wollen ihren Opa auch weiterhin besuchen und in den Ferien zu ihm kommen. Sie finden bei ihm stets offene Türen. Er freut sich sehr auf ihren Besuch, und wünscht sich, dass sie sich bei ihm wie zu Hause fühlen. Die unterschiedlichen Begabungen und Interessen seiner sieben Enkel möchte er auf kameradschaftlicher Basis fördern, dazu macht er sich bereits vor einem Besuch Gedanken.

Den Anfang machte in den Sommerferien Samuel, gefolgt von Alexander, dem siebenjährigen Sohn meines Bruders Thomas. Etwas Bedenken hatte ich zuerst schon. Opa ganz alleine mit dem Enkel, würde ihm das nicht zu viel werden? Dürfen wir ihm das zumuten?

Ich weiß, dass meinem Vater das Neinsagen

schwerfällt, deshalb regt sich wohl so eine Art Beschützerinstinkt in mir. Doch ich will es ihm selbst überlassen, er kennt seine Grenzen selbst am besten.

Ein Enkelkind im Haus zu haben, bedeutet ja vor allem, Lebensfreude zu spüren. Das ist vielleicht genau das, was er jetzt am meisten braucht. Die Kinder nehmen für gewöhnlich neue Situationen viel schneller an als wir Erwachsenen. Opa wird in Beschlag genommen werden, aber auf eine gute Art und Weise, ohne jegliche Hintergedanken. Da wird von morgens bis abends geplaudert, gefragt und gelacht.

Und so freut er sich wirklich darauf, für ein paar Tage »alleinerziehender« Opa zu sein. Es wird nun anders sein als früher, doch mit den Enkelkindern geht das Leben weiter.

Solange er kann, wird Opa stets offene Türen für sie haben, und sie werden gerne zu ihm kommen. Sie spüren ganz genau, dass Opa ihnen mit viel Liebe begegnet, genießen seine Geduld und Zeit, die er sich für sie nimmt.

Mein Vater hat die Gabe, auf jedes einzelne Enkelkind einzugehen. So wird er mit Luka Fußball spielen, mit Adrian in der Werkstatt bauen, mit Melissa musizieren, mit Samuel am Computer sitzen, mit Carola und Alexander in den Wald gehen und Steffi Bücher vorlesen.

Die Zeit mit ihrem Opa wird den Kindern in unvergesslicher Erinnerung bleiben. Das ist ein Schatz, der mit keinem Geld in der Welt aufgewogen werden kann. So darf vielleicht auch ein Stück weit Heilung stattfinden in der Zeit, in der Opa seine Enkelkinder alleine erzieht.

Das abrupte Ende der Zweisamkeit lässt Zweifel in meinem Vater aufkommen, trotz tiefen Glaubens. Fast sein ganzes Leben schon steht er im Dienste des Herrn, hauptsächlich durch seine kirchenmusikalischen Tätigkeiten. So versieht er seit nunmehr über 50 Jahren als nebenamtlicher Organist und Chorleiter Gottesdienste, und das nicht nur an Sonntagen. Er orgelt an Hochzeiten, Beerdigungen, im Altersheim und ab und zu nach Bedarf in Nachbargemeinden. Viel Zeit verbringt er mit Notenschreiben für seinen Kirchenchor, den er seit vielen Jahren leitet und den auch meine Mutter tatkräftig als gute Sängerin und Notenwartin treu unterstützte. Somit ist er eingebunden in seiner evangelischen Kirchengemeinde, wo er beliebt und bekannt ist.

Viele Menschen haben seit dem Tod seiner Frau Hilfe angeboten, ihn zum Essen eingeladen und ihn besucht. Doch das Alleinsein schmerzt noch sehr, und die Trauer kann ihm niemand abnehmen.

Obwohl es ihn belastet, Trauergottesdienste und Beerdigungen musikalisch zu umrahmen, versieht er seine Orgeldienste nach nur kurzer Unterbrechung nun wieder regelmäßig. Seine Liebe zur Musik beflügelt ihn und ermöglicht es ihm, Freundschaften zu pflegen, so in seinen zwei Streichquartetten, denen er als Geiger beziehungsweise Cellist angehört. Außerdem spielt er hin und wieder Kontrabass in einem Quartett für Schrammelmusik.

Papa hat in seinem Leben viele Soloauftritte gehabt, sowohl mit der Geige im Orchester als auch Sonntag für Sonntag beim Orgelspiel im Gottesdienst. Für die meisten Soloauftritte hat er sich aus freien Stücken selbst dazu entschieden, nicht aber für diesen letzten, so endgültigen Solopart als Witwer. Weder wurde er gefragt, ob er dazu bereit sei, noch bekam er Zeit, sich darauf vorzubereiten. Sozusagen von der Couch herunter wurde er an je-

nem Abend auf die Bühne katapultiert und musste aus dem Stehgreif dieses Solo übernehmen. Ein
Solo im wahrsten Sinne des Wortes, herausgerissen
aus der Zweisamkeit in eine unbekannte, unvor-
hergesehene Einsamkeit. Keiner kann ihm diesen
solistischen Alleingang abnehmen, man kann ihn
bestenfalls dabei begleiten.

Blickwechsel

Nach Hause zu fahren, war für mich seit meiner Hochzeit und dem damit verbundenen Auszug von zu Hause immer eine besondere Freude. Egal, woher ich anreiste – ob aus Stuttgart, später aus den USA und dann wieder aus Deutschland –, ich freute mich immer auf einen Besuch in meiner alten Heimat.

Kaum war unser Auto vor meinem Elternhaus geparkt, ging für gewöhnlich auch schon die Haustür auf, und meine Mutter oder mein Vater, oft auch beide, standen in der Tür, um uns zu begrüßen. Wie schön es ist, erwartet zu werden!

Nach und nach verschwanden meine alten Möbel aus meinem ehemaligen Kinderzimmer. Mit Wehmut schlief ich eines Tages das allerletzte Mal in meinem alten Bett, meine Mutter ersetzte es durch ein neues Schlafsofa: »Mein« Zimmer wurde zu einem Gästezimmer umfunktioniert. Ich war zwar inzwischen schon lange nicht mehr als Kind in meinem Elternhaus, doch bei jedem Besuch fühlte ich mich ein Stückchen in meine Kindheit

zurückversetzt, verbunden mit vielen schönen Erinnerungen. Ich spürte noch die vertraute Gebor-
genheit; zu Hause zu sein, bedeutete für mich ein
Stückchen heile Welt. Ich genoss es, mich wie in
alten Zeiten von meiner Mutter mit ihren Koch-
künsten verwöhnen zu lassen oder gemütlich im
Garten miteinander Kaffee zu trinken.

Ganz allmählich schlich sich allerdings bei meinen Besuchen leise ein Gedanke ein, den ich so
schnell wie möglich wieder verdrängte. Doch ich
konnte nicht umhin, ab und zu daran zu denken,
wie es wohl für mich wäre, wenn ein Elternteil nicht
mehr da wäre. Gleichzeitig redete ich mir ein: »Meine Eltern sterben sicher noch lange nicht. Sie sind
noch so fit.« Ich wurde auf unsanfte Art eines Besseren belehrt.

Seit dem Tod meiner Mutter komme ich anders in
mein Elternhaus. Die Tür geht zwar Gott sei Dank
noch auf, wenn ich ankomme, doch das Kind in mir
ist ein großes Stück weit mitgestorben. Plötzlich
musste nicht nur mein Vater, sondern auch ich in
den Haushalt meiner Mutter eingreifen, der bisher
weitgehend unantastbar für uns gewesen war. Mit
jedem Topf, jeder Schüssel und jedem Teller sind

Erinnerungen an längst vergangene Zeiten verbunden. Bei meinen Eltern wurde nicht so schnell etwas weggeworfen. Solange es ging, wurden die Gegenstände repariert und weiter benutzt. Deshalb finde ich noch sehr vieles, das mir schon aus meinen Kindheitstagen bekannt ist.

Gehe ich nun durchs Haus, sehe ich alles aus einer anderen Perspektive. Wenn ich vor Mamas Spiegelkommode stehe, versuche ich mir vorzustellen, was ihr morgens beim Frisieren wohl so durch den Kopf gegangen sein mag – ging sie den Tag gedanklich durch oder freute sie sich erst einmal aufs Frühstück und den Kaffee? Hatte sie ihre neue Patchworkdecke schon vor Augen, an der sie gerade nähte? War sie dankbar für den neuen Tag und die Bewahrung in der Nacht? Dachte sie an uns, ihre Kinder und Enkelkinder?

Beim Vorbeigehen an ihrer Blumenbank schaue ich kurz nach, ob die Blumen gegossen werden sollten – nicht, dass es nötig wäre, denn Papa kümmert sich bestens um sie –, und kehre unterm Esstisch schnell ein paar Krümel vom Boden auf.

Als ich neulich mit Steffi bei Opa zu Besuch war, ging ich in die Küche, um Spaghetti für unser Mittagessen zu kochen. Für einen kurzen Augenblick hielt ich inne und sah die Küche noch einmal mit den Kinderaugen aus den Siebzigerjahren: Der Gefrierschrank war mit bunten Blumenaufklebern verziert, mit jedem Spülmittelkauf kamen neue dazu. Eine Spülmaschine stand zu dieser Zeit noch nicht in der Küche, bei einem Fünf-Personen-Haushalt brauchte meine Mutter ziemlich viel Spülmittel …

Neben der Kaffeemaschine stand eine knallorangefarbene Kaffeemühle, mit der die Bohnen beinahe täglich frisch gemahlen wurden. Farblich dazu passend lag eine Gemüsereibe im Regal, mit der meine Mutter Karotten, Gurken, Radieschen und sonstiges Gemüse für Salate klein rieb. Auf dem Küchenregal über dem Herd waren fein säuberlich in alphabetischer Reihenfolge geordnet etwa zwanzig Gewürzdosen derselben Marke aufgereiht. Wurde ein neues Gewürz benötigt, musste auch dies von demselben Hersteller sein (der Dose wegen).

Mein Blick fiel auf das Spülbecken. Schaudernd erinnerte ich mich daran, wie ich eines Nachts in die Küche gegangen war, um mir vom Wasserhahn ein Glas Wasser einzufüllen, als eine grässliche schwarze Riesenspinne aus dem Abfluss herausgekrabbelt kam. Meine Mutter fand diese Tierchen übrigens hübsch und bot ihnen in manchen Zimmerecken Asyl, wo sie ihre Spinnweben anbringen konnten. Mama freute sich sogar darüber, wenn sie darin Nachwuchs fand. Bis heute kann ich mich mit dieser Tierart nicht anfreunden.

In dem Eckschrank neben dem Elektroherd befand sich ihr Topfset lindgrüner emaillierter Töpfe aus Stahl. Ihr Essen servierte sie auf ihren »Acapulco«-Porzellan-Tellern, auf denen sich in fröhlichen Farben bunte Vögel und Blumen tummelten. Und dann stand da noch ihr Fleischwolf auf der Anrichte. Ich schaute meiner Mutter immer fasziniert zu, wenn sie oben die Fleischstückchen in den Trichter gab und an der Kurbel drehte, bis der Wolf dieselben unten aus der Lochscheibe als Hackfleisch ausspuckte. Ein Teil des Hackfleisches hatte sie oft gleich als Tartar verspeist, mit einem Ei vermengt und mit Gewürzen verfeinert.

Neben dem Elektroherd steht auch heute noch ein alter Kohleherd, seit Jahr und Tag ungenutzt für den Fall, dass es längere Zeit einmal keinen Strom geben sollte.

»Mama, ich habe Hunger, wann gibt es Mittagessen?« – Abrupt wurde ich aus meinen Gedanken gerissen und in die Gegenwart zurückgeholt. In Sekundenschnelle wurde ich vom Kind zur Frau, denn hinter mir in der Küche stand plötzlich meine kleine Stephanie und erinnerte mich an den eigentlichen Grund meines Aufenthalts in der Küche.

Ich holte den lindgrünen Kochtopf aus dem Eckschrank, füllte ihn mit Wasser und stellte ihn auf den Herd. Während ich darauf wartete, dass das Wasser kochte, schüttete ich Kaffeebohnen in die orangene Kaffeemühle. Dann holte ich die Teller mit dem bunten Vogelmuster aus dem Schrank, um den Tisch zu decken.

Meine Mutter setzte andere Prioritäten als ich, besonders denke ich dabei an den Garten. Ihr parkähnlich angelegter Garten war zwar stets eine Augenweide, doch für uns Kinder zum Spielen nicht geeignet. Mein Garten sieht anders aus – wir haben eine Spielwiese zum Toben für Kinder und Hund, der Rasen wird im Sommer platt gedrückt vom Planschbecken und einem großen Pool sowie diversen Spielgeräten. Ganz davon abgesehen fehlt mir auch der grüne Daumen und die für einen perfekt angelegten Garten nötige Disziplin zur Pflege des Rasens und der Blumen.

Durch den Blickwechsel, der sich nun vollzieht, beginne ich zwar, so manches mit Mamas Augen zu sehen, vieles wird mir aber einfach unergründlich bleiben. Dazu waren wir zwei wohl zu verschieden.

Doch noch einen Aspekt bringt dieser Blickwechsel mit sich: Verständnis für all diejenigen, die ebenfalls einen vertrauten, geliebten Menschen verloren haben, im wahrsten Sinne des Wortes ein Mitleid mit Trauernden, das man nur haben kann, wenn man dieses Tal selbst durchschritten hat.

Alles zu seiner Zeit

Wenn mein Vater sonntags von der Orgelempore auf die Stuhlreihen der Kirche hinunterschaut, bietet sich ihm bis auf wenige Ausnahmen im Jahr stets das gleiche Bild: Die vorderen Reihen sind leer, in den mittleren bis hinteren Reihen sitzen verteilt ein paar Kirchgänger, beinahe ausschließlich alte Menschen, meistens Frauen. Wenn Papa nach seinem Orgelnachspiel aus der Kirche kommt, ist für gewöhnlich niemand mehr da, mit dem er ein paar Worte wechseln könnte.

Dass es auch anders geht, sehen mein Mann und ich jeden Sonntag in unserer Kirchengemeinde. Wir haben dort sogar ein interessantes Phänomen: Schaut man sich bei uns um, fällt auf, dass die Generation der Senioren komplett fehlt. Da sitzen keine Omas und Opas in den Reihen, nicht einmal in den hintersten.

Noch etwas fällt auf: Die Anzahl der Kinder übersteigt bei Weitem die der Erwachsenen. »Das gibts doch gar nicht«, möchte man einwenden. »Keine alten Leute? Wo sonst doch genau das entgegengesetzte Bild herrscht und sonntags nur ein paar alte Leutchen vereinzelt in den hinteren Reihen der Gotteshäuser sitzen!«

Doch, so etwas gibt es. Dort, wo Amerikaner für ein paar Jahre Deutschland ihr Zuhause nennen – bei den Angehörigen der amerikanischen Streitkräfte, welche vorübergehend in Deutschland stationiert sind. Hauptsächlich sind dies junge Familien mit oft vielen Kindern. Wer »nur« drei Kinder hat so wie wir, gehört eher zu den »kinderarmen« Familien. Wir haben sogar einige Familien mit sechs bis neun Kindern bei uns in der Gemeinde.

Das Gemeindeleben ist sehr lebendig. Zum einen gehört der Glaube in diesen Familien einfach zum Alltag dazu, zum anderen wollen sie sich aber auch gegenseitig unterstützen, da eben keine Omas und Opas in der Nähe sind. Die Gemeindeglieder werden zur Ersatzfamilie auf Zeit. Man hilft sich gegenseitig bei allem, egal, was gerade gebraucht wird: Kinderbetreuung; ein Ersatzauto, wenn das eigene nicht mehr fährt; eine warme Mahlzeit im Krankheitsfall der Mutter; aber auch Ausflüge und Reisen werden miteinander unternommen.

Ein Zuhause im klassischen Sinne kennen diese Familien nicht. Ihre Kinder sind es gewohnt, von klein auf alle drei Jahre umzuziehen und sich auf neue Menschen einzulassen. Kontakte werden schnell geschlossen, man weiß ja von Anfang an, dass die gemeinsame Zeit begrenzt ist. Man bringt sich ein und macht mit. Freiwillige stellen sich immer zur Verfügung, während man bei uns oft mühsam danach suchen muss: sei es in der Schule, beim Sport oder in kirchlichen Funktionen.

Die amerikanischen Familien wollen ihre Zeit in Deutschland ausnutzen, die meisten von ihnen haben eine beinahe unstillbare Reiselust, verbunden mit Einkäufen von Andenken aller Art. Ganz oben auf der Liste stehen bei ihnen Kuckucksuhren aus dem Schwarzwald, aber auch das typische Bunzlauer Keramikgeschirr, das sich bei ihnen großer Beliebtheit erfreut. So werden Fahrten organisiert, um kurz mal nach Polen zu reisen, nur um einzukaufen.

Eine Reise nach Polen wäre für meine Eltern eine Reise in ihre Vergangenheit gewesen; dorthin zurück, wo beide ihre Wiege stehen hatten und ihre Lebensreisen begannen. Das Bunzlauer Geschirr hatte meine Mutter zwar auch in ihrem Schrank stehen, wäre bei so einer Reise aber sicherlich nur Nebensache gewesen.

Vielmehr hätten sie sich auf die Suche gemacht: nach Überbleibseln und Spuren aus ihrer Kindheit, ihre einstigen Elternhäuser, Schulen, Kirchen und an was sie sich sonst noch erinnert hätten. Diese Reise wäre vermutlich einer Achterbahnfahrt der Gefühle gleichgekommen. Freude darüber, noch einmal an die Stätten ihrer Kindheit zurückzukommen, vermischt mit so manchen Erinnerungen an schöne und schwere Augenblicke. Mehr als 60 Jahre sind vergangen, seit mein Vater Schlesien verlassen musste – viel Zeit mit vielen Veränderungen, die auch vor dem heutigen Polen nicht haltgemacht haben.

Und so mag dieses Kapitel für immer abgeschlossen sein – wohl verwahrt in dem Erinnerungsschatz meines Vaters. Ab und zu wird diese Schatzkiste geöffnet – wertvoll wie Perlen und Edelsteine sind mir seine Erzählungen aus den Tagen, als er selbst noch ein Kind war. Nicht alles davon glänzt wie Gold – aber gerade die schweren Zeiten geben dem Leben rückblickend Tiefe und so manche Frucht, die sonst nie zum Vorschein gekommen wäre.

Taktvoll schlägt sein liebes Vaterherz schon sein Leben lang – geprägt von Liebe und Güte. Wenn er auch nur annähernd die Liebe und Barmherzigkeit unseres Vaters im Himmel widerspiegelt, dürfen diejenigen Menschen sich auf eine unvorstellbare Herrlichkeit freuen, die eines Tages für immer zu ihm gehen.

So manches hätten wir noch gerne mit Mama besprochen, viele Fragen würden wir noch gerne stellen. Solange wir auf dieser Erde leben, werden unsere Fragen oft unbeantwortet bleiben. Vielleicht sollten wir uns damit zufriedengeben, dass Gott in seiner unendlichen Weisheit für alles eine Zeit vorgesehen hat, so wie er uns durch Salomo mitgeteilt hat:

»Ein jegliches hat seine Zeit, und alles Vorhaben unter dem Himmel hat seine Stunde: Geboren werden hat seine Zeit, sterben hat seine Zeit; pflanzen hat seine Zeit, ausreißen, was gepflanzt ist, hat seine Zeit; töten hat seine Zeit, heilen hat seine Zeit; abbrechen hat seine Zeit, bauen hat seine Zeit; weinen hat seine Zeit, lachen hat seine Zeit; klagen hat seine Zeit, tanzen hat seine Zeit; Steine wegwerfen hat seine Zeit, Steine sammeln hat seine Zeit; herzen hat seine Zeit, aufhören zu herzen hat seine Zeit; suchen hat seine Zeit, verlieren hat seine Zeit; behalten hat seine Zeit, wegwerfen hat seine Zeit; zerreißen hat seine Zeit, zunähen hat seine Zeit; schweigen hat seine Zeit, reden hat seine Zeit; lieben hat seine Zeit, hassen hat seine Zeit; Streit hat seine Zeit, Friede hat seine Zeit« (Prediger 3,1-8).

Inzwischen feierten mein Vater und Onkel Werner zusammen ihren 150. Geburtstag. In Feierstimmung waren wir nicht wirklich, denn es war der erste Geburtstag ohne meine Mutter. Doch diesen Tag als Anlass zu nehmen, um sich im Familienkreis zu treffen, war wichtig. Schade, dass man es als Familie oft erst dann schafft, sich zusammen einzufinden, wenn man einen seiner Lieben beerdigen muss. Ein Trost dabei ist vielleicht, dass meine Mutter keinen großen Wert auf Familienzusammenkünfte legte. Gerade den Geburtstag meines Vaters nahm sie gerne zum Anlass, um mit ihm zu verreisen und somit auf elegante Art und Weise eine Feier zu umgehen.

Kürzlich wurden sowohl meinem Vater als auch seinem Zwillingsbruder Werner während einer festlichen Feierstunde von der Handwerkskammer der »Goldene Meisterbrief« verliehen. Fünfzig Jahre sind vergangen, seit die beiden jeweils ihren Meisterbrief erhielten: Papa als Werkzeugmechaniker, Onkel Werner als Schreiner.

Sein Leben lang steht mein Vater schon im Dienste unseres großen Meisters des Lebens. Ohne viele Worte darüber zu machen, versieht er bis heute treu seinen Dienst, sei es beim Orgelspiel, singend in der Kantorei oder selbst seinen eigenen Chor dirigierend. Sonntag für Sonntag, Woche für Woche, Jahr für Jahr. Das ist ein Zeugnis ohnegleichen; seine Hingabe und absolute Zuverlässigkeit stellt manch anderen Kirchenmusiker in den Schatten und hinterlässt tiefe Spuren bei den Menschen, die dafür ein offenes Herz haben.

Mein Vater hat sein Leben lang Töne gemacht – eher leise Töne, seiner Art entsprechend. Während sein Zwillingsbruder Werner ab und zu auch mal auf die Pauke hauen konnte, war Papa von klein auf weniger schlagkräftig und ist für gewöhnlich bei den Saiteninstrumenten geblieben oder greift in die Klavier- und Orgeltasten. Und so sind die beiden auch heute noch gut für die eine oder andere Überraschung – wenn auch nicht ganz denselben Effekt erzielend wie damals bei ihrer Geburt, als sie ihre Eltern mit vier großen Augen ansahen – getreu dem Motto: »Ein Zwilling kommt selten allein.«

Von ganzem Herzen

Dass es dieses Buch überhaupt gibt, grenzt für mich an ein Wunder und erfüllt mich mit großer Dankbarkeit. Als ich beim SCM Hänssler Verlag »anklopfte«, stieß ich sowohl bei Frieder Trommer (Geschäftsführer) als auch bei Uta Müller (Cheflektorin) auf offene Türen und Herzen mit meinem Buchprojekt.

Ich danke meinem Vater, der mir während des Schreibens jederzeit zur Seite stand, meine Fragen beantwortete und bis in die Nacht hinein meine Texte durchlas. Danke auch an Onkel Werner für seine Erinnerungen an so manche Zwillingsverwechslung.

Mein Mann Michael schenkte mir an vielen Samstagen Zeit zum Schreiben, indem er sich um Steffi kümmerte und sich immer wieder etwas Neues einfallen ließ, um sie zu beschäftigen. In der Zeit konnte man die beiden öfter im Schwimmbad, Zoo oder auf dem Spielplatz antreffen. Dafür danke ich ihm herzlich.

Doch mein besonderer Dank geht an unseren Vater im Himmel, ohne ihn hätte ich dieses Buch nicht schreiben können. Er gab mir täglich neue Gedanken und weckte Erinnerungen an längst vergangene Zeiten.

Zum Schluss ein stilles Gedenken an meine Mutter.

Beate Hill

Mich zieht es nach Südafrika

Erlebnisse einer Weltenbummlerin

Gebunden, 13,5 × 20,5 cm, 208 Seiten
Nr. 395.353,
ISBN 978-3-7751-5353-9

Beate Hill ist nach Südafrika ausgewandert, hat dort geheiratet und sechs Kinder bekommen. Die lebenslustige Seniorin erzählt von ihrer Wanderung zwischen den Kontinenten. Sie nimmt den Leser mit auf ihre Reisen von Schottland über Namibia bis nach Südafrika.

Lothar von Seltmann

Miluscha

Im Herzen die Heimat

Paperback, 13,5 × 20,5 cm, 464 Seiten
Nr. 395.348,
ISBN 978-3-7751-5348-5

Beide „Miluscha"-Erfolgsbiografien in einem Band! Verfolgen Sie Miluschas ereignisreiche Geschichte von der Jugend in der Ukraine, über die überlebte Deportation, bis zur Gründung einer glücklichen und kinderreichen Familie in Deutschland. Ein besonderes Lesevergnügen!

Bitte fragen Sie in Ihrer Buchhandlung nach diesen Büchern!
Oder schreiben Sie an: SCM Hänssler, D-71087 Holzgerlingen;
E-Mail: info@scm-haenssler.de; Internet: www.scm-haenssler.de